Vanessa Haßler

Hiebe & Küsse

Wenn Liebe wehtun muss

SCHWARZE ZEILEN
Verlag

Bibliografische Information der Deutschen Nationalbibliothek

Die Deutsche Nationalbibliothek verzeichnet diese Publikation in der Deutschen Nationalbibliografie; detaillierte bibliografische Daten sind im Internet über http://dnb.d-nb.de abrufbar.

ISBN 978-3-945967-18-8

1.Auflage 2016

www.schwarze-zeilen.de

Inhaltsverzeichnis

Hinweis

Dieses Buch ist nur für Erwachsene geeignet, die sadomasochistischen Praktiken offen gegenüberstehen. Alle beschriebenen Handlungen erfolgen in gegenseitigem Einverständnis zwischen Erwachsenen.

Bitte achten Sie darauf, dass das Buch Minderjährigen nicht zugänglich gemacht wird.

Einleitung

Wenn eine Frau sich zu ihrer devoten oder masochistischen Veranlagung bekennt, mag das befremdlich anmuten. In aller Regel handelt es sich um gestandene und selbstbewusste Frauen, die in entsprechender Weise gestrickt sind. Das war jedenfalls bei denen der Fall, die ich kennenlernen konnte und die bereit waren, sich mir anzuvertrauen. Dennoch wird diese Neigung zumeist verborgen, oft sogar vor dem Lebenspartner oder der besten Freundin. Die öffentliche Meinung billigt es einem Mann viel eher als einer Frau zu, ein bisschen pervers zu sein. Darstellungen von Männern etwa, die sich von einer Domina auspeitschen lassen, erregen wohl kaum noch Aufsehen. In Werbespots, Musikclips und auf Plakaten tauchen immer wieder solche Motive auf. Viel seltener – jedenfalls außerhalb spezieller Magazine, Internet-Seiten oder Filme – sieht man die Komplementärszene: Eine Frau, die sich freiwillig von einem Mann fesseln, züchtigen und erniedrigen lässt. Wenn einmal so etwas – z. B. in Kinofilmen oder im Fernsehen – vorkommt, dann wird die Frau fast immer in einer Opferrolle dargestellt – brutaler (männlicher) Gewalt ausgeliefert. Keinesfalls darf erkennbar sein, dass Derartiges ihr Spaß macht oder sie gar sexuell erregt. Bis eine Politikerin oder prominente Schauspielerin unbefangen in den Medien verkünden kann: »Ich bin Masochistin, und das ist gut so!«, ist es sicher noch ein weiter Weg.

Die Freude am spielerischen Tätscheln, Kneifen, Kratzen und Beißen und auch am Spanking (dem Hinternversohlen) kennt wohl jeder. Erst bei einem ausgeprägten Hang zum Schlagen und Geschlagenwerden spricht man von Flagellantismus (Flagellum = Peitsche). Nicht wenige Menschen haben immer wieder das Bedürfnis nach *ernsthafter* und *strenger* Züchtigung. Diese erfolgt zwar mit dem Einverständnis des *Delinquenten*, hat aber den Charakter einer echten Strafe mit allen Vor- und Nachwirkungen. Beispiele hierfür sind mein eigenes Erlebnis (4. Kapitel), und auch die Geschichte der kriminell veranlagten Schülerin Kerstin, die sich einer harten Körperstrafe unterzieht, um Reue und Bußfertigkeit zu bekunden (10. Kapitel). In diesem Fall bin ich einmal selbst aktiv geworden und in die Rolle einer resoluten Erzieherin geschlüpft.

Im Laufe der Zeit wuchs mein Interesse am Thema SM und Flagellantismus und ich begann – meistens per Annonce – nach Personen mit ähnlichen Neigungen zu suchen. Ich wollte diese Menschen verstehen, wollte wissen, was sie mit mir gemeinsam haben und was an ihnen anders ist. Auch ging ich auf die Suche nach historischen Berichten und Erlebnisschilderungen aus jüngerer und älterer Vergangenheit, solche sind u. a. auch Inhalt dieses Buches: *Der Leutnant und das Mädchen* handelt von der bittersüßen Romanze zwischen einem Aristokraten und einer Hausangestellten, und in *Die neue Hauslehrerin* wird zwei jungen Mädchen Zucht und Ordnung beigebracht.

Dressur beschreibt eine originelle SM-Variante: Männer unterschiedlichen Alters werden von jungen, attraktiven Ausbilderinnen zu Trabrennpferden abgerichtet. Ziel des scharfen Drills ist ein Rennen, bei dem die Männer vor die Kutschgefährte ihrer Herrinnen gespannt werden.

Jeder hat das Recht auf ein erfülltes Sexualleben – wie immer es auch ausgerichtet sein mag. Für seine Träume und Phantasien

braucht sich niemand zu schämen und man sollte sie verwirklichen, wenn das in einem realistischen Rahmen und innerhalb
vernünftiger Grenzen möglich ist. Mit diesem Buch möchte ich
dazu ermutigen.

Vanessa Haßler

Wer die Rute spart ...

Zunächst möchte ich mich vorstellen. Ich bin Jahrgang 1969, das Milieu, in dem ich aufwuchs, war bürgerlich-konservativ und meine Eltern sind streng katholisch. Meine Kindheit habe ich in vorwiegend guter Erinnerung, ich hatte – wenn auch keine Geschwister – viele Freundinnen und Freunde. Mein Vater liebte mich abgöttisch (das tut er immer noch), und nach wie vor bin ich seine kleine Prinzessin. Ich war im Großen und Ganzen ein ausgeglichenes Kind – einen Ausbund an Bravheit verkörperte ich allerdings nicht, ich war oft eigensinnig und launisch und hatte vor allem eine freche Klappe, für die ich mir von meiner Mutter so manche Ohrfeige einfing.

Als ich 12 Jahre alt war, etwa mit Beginn der Pubertät, wurde ich zunehmend schwierig und bockig. Ich entwickelte ein ausgeprägtes Trotzverhalten, vor allem bei meiner Mutter, aber auch allgemein gegenüber Autoritätspersonen.

In meinem Elternhaus wurde die Maxime »Mal anständig was hinten drauf hat noch keinem geschadet« nie in Frage gestellt, deshalb gab es in unserem Haushalt einen Rohrstock und zu meiner Erziehung gehörten mehr oder weniger regelmäßig körperliche Züchtigungen. Diese wurden von meinem Vater durchgeführt, allerdings auf Veranlassung und in Gegenwart meiner Mutter, deren Erziehungskonzept nach dem Bibelspruch »Wer die Rute spart, verdirbt sein Kind« ausgerichtet war. Es begann immer damit, dass meine Mutter sich zunächst bei meinem Vater über mich beschwerte, etwa mit den Worten: »Mit Vanessa ist es seit einigen Tagen einfach nicht zum Aushalten! Ihr freches Mundwerk ist kaum zu überbieten und heute hat sich sogar ihr Klassenlehrer über ihre Aufsässigkeit beklagt! Es ist höchste Zeit, dass du sie wieder einmal sehr streng bestrafst!«

Mein Vater sah mich dann lange an und versuchte, seiner Stimme einen ernsten und bedeutungsvollen Klang zu geben, wenn er sagte: »Es ist also wieder so weit, Vanessa! Du weißt genau, wie traurig es mich macht, wenn ich mich zu dieser Maßnahme gezwungen sehe. Also, Fräuleinchen, du weißt ja auch, was jetzt kommt!«

Wenn mein Vater mich mit *Fräuleinchen* anredete, bedeutete das nichts Gutes. Und was dann kam, wusste ich allzu genau, denn die Züchtigungen folgten einem strengen Ritual. Zwischen meinen Eltern gab es diesbezüglich eine genaue Absprache. *Streng bestrafen* hieß, ich musste meinen Unterkörper entblößen, mein Vater legte mich übers Knie und ich bekam den nackten Hintern mit der Hand vollgeklatscht. *Sehr streng bestrafen* bedeutete fünfundzwanzig Rohrstockhiebe, dazu musste ich Schuhe und Strümpfe, Rock und Höschen ausziehen und mich über die Sofalehne legen. Den Rohrstock ölte meine Mutter regelmäßig ein, um ihn geschmeidig zu halten, sinnigerweise benutzte sie dazu mein Blockflötenöl.

Schließlich gab es noch die *Generalabrechnung* oder auch *biblische Höchststrafe*, das waren neununddreißig Stockhiebe, die ich ebenfalls aufs blanke Hinterteil bekam. Zur Generalabrechnung kam es meistens vor meinen Geburtstagen oder auch vor kirchlichen Feiertagen, damit sollten die Sünden der letzten Monate pauschal abgebüßt werden.

Jedes Mal heulte ich vor Groll und Scham, wenn ich mich vor meinem Vater ausziehen musste. Das wurde besonders schlimm ab meinem 13. Lebensjahr, als meine Brüste sich entwickelten und mein Po und meine Hüften runder und fraulicher wurden. Ich hasste meine Mutter, wenn sie mich bei meinem Vater verpetzte, um dann genüsslich anzusehen, wie ich Senge bekam. Immer wieder bat ich flehentlich darum, nicht auf diese Weise bestraft zu werden, ich bettelte um Verzeihung und gelobte Besserung – stampfte schließlich wütend mit dem Fuß auf – doch es half nichts. Unbeirrt und mit preußischer Sturheit zählte mein Vater mir die Hiebe auf.

Heute weiß ich allerdings, dass er mich niemals wirklich streng bestraft hat, dazu hatte er mich viel zu lieb. Es waren auch nicht die Schläge, die mir zu schaffen machten, es war das verhasste Entkleidungsritual. »Bitte lass mich doch wenigsten das Höschen anbehalten«, flehte ich vor der Bestrafung immer wieder meine Mutter an, denn sie war es, die darauf bestand, dass ich die Hiebe *auf den Blanken* bekam. Mein Flehen war natürlich sinnlos, und mit zornigem Aufstöhnen zog ich schließlich den Slip aus. Dann legte ich mich über die Sofalehne, presste mein Gesicht in ein Kissen und bot meinem Vater meinen nackten Hintern dar, damit der Rohrstock wieder seinen Tanz darauf vollführen konnte.

Nach der Züchtigung wurde ich auf mein Zimmer geschickt, damit ich noch einmal über meine Missetaten nachdenken konnte. Meistens nutzte ich diese Zeit, um meinen heißen Po im Ankleidespiegel zu betrachten und ihm mit einem nassen Tuch Kühlung zu verschaffen.

Etwa zwei Stunden später kam mein Vater zu mir und ermahnte mich eindringlich, mein Verhalten in der Schule zu ändern und meiner Mutter keine frechen Antworten mehr zu geben. Heftig schluchzend stammelte ich dann Entschuldigungen, räumte zerknirscht ein, dass ich die Strafe in vollem Umfang verdient hatte und versprach, mir in Zukunft ehrlich Mühe zu geben. Wenn ich dann in Tränen ausbrach, umarmte mein Vater mich, beruhigte mich mit seiner sonoren und wohlklingenden Stimme und erklärte, dass mir verziehen sei.

Zu guter Letzt stand noch die Entschuldigung bei meiner Mutter aus, erst danach war die Welt wieder in Ordnung – jedenfalls für eine gewisse Zeit. In dieser Zeit war ich tatsächlich zahm und friedlich, meine schulischen Leistungen verbesserten sich und mein Klassenlehrer konstatierte, dass ich aufgeschlossener und zugänglicher geworden sei.

Am Morgen meines 16. Geburtstages betrat meine Mutter mit feierlichem Gesichtsausdruck mein Zimmer, in der Hand hielt sie den Rohrstock. Nachdem sie mir gratuliert hatte, sagte sie: »Gestern Abend hatte ich ein langes Gespräch mit deinem Vater. Wir sind der Meinung, dass es sich nicht schickt, wenn ein sechzehnjähriges Mädchen noch Schläge auf den nackten Po bekommt.«

Mit diesen Worten zerbrach sie den Stock, dies gelang ihr aber erst nach mehreren Versuchen, denn der Stock war ungemein biegsam – sicher eine Folge des regelmäßigen Einölens. Ich musste unwillkürlich lachen. Erst vor wenigen Tagen hatte ich eine Generalabrechnung über mich ergehen lassen müssen, meine Kehrseite war noch eindrucksvoll gemustert davon. Doch meine Mutter hatte keinen Sinn für das Groteske der Situation, sie überreichte mir den zerbrochenen Stock wie ein Geburtstagsgeschenk und verließ das Zimmer. Sie glaubte sicher, mir damit eine Freude gemacht zu haben, doch ich fühlte mich merkwürdig deprimiert. Ich hatte den Stock gefürchtet und gehasst, aber er war auch wie ein guter alter Freund für mich.

In der Folgezeit versuchte ich, ein braves Mädchen zu sein und meine Launen im Zaum zu halten. Nach einigen Monaten jedoch begann ich, die Strafrituale zu vermissen, mein seelisches Gleichgewicht war gestört, und so unglaublich es klingen mag, mein Hintern sehnte sich manchmal nach Schlägen! Trost fand ich in meinen Hobbys, neben Musik – ich singe und spiele Altblockflöte – gehört das Reiten zu meinen liebsten Freizeitbeschäftigungen. Zu meinem 17. Geburtstag bekam ich eine Reitpeitsche geschenkt, eine wunderschöne Handarbeit aus purem, hochwertigem Leder, mein Vater hatte sie von einem Sattler extra für mich anfertigen lassen. In das Leder war mit kleiner, goldener Schrift eingraviert:

Für Dich, meine geliebte Vanessa, zum 17. Geburtstag von Deinem Vater.

Die Peitsche war viel zu wertvoll, um sie beim Reiten zu gebrauchen, deshalb hängte ich sie in meinem Zimmer an die Wand. Ich besitze sie heute noch, sie ist für mich wie ein Musikinstrument und wird von mir liebevoll gepflegt und regelmäßig eingefettet.

Damals malte ich mir oft aus, was für ein Gefühl es wäre, wenn die Lederklatsche am Ende der Peitsche auf meinem Po tanzen würde. Ich legte mich dann über die Lehne meines Sessels und sehnte mich so sehr danach, gezüchtigt zu werden. Doch dieser Wunsch sollte erst später in Erfüllung gehen. Manchmal, nach dem Duschen, nahm ich die Peitsche und stellte mich – splitternackt, wie ich war – mit dem Rücken zum Ankleidespiegel. Dann reckte ich meinen hübschen, noch feuchten Hintern heraus und zog mir selber ein paar kräftige Hiebe über, was mir ein herrliches Lustgefühl verschaffte.

Exerzitien

Als ich achtzehn Jahre alt war, verbrachte ich ein halbes Jahr in einem Klosterinternat für Mädchen. Mein Vater hatte mich auf meinen eigenen Wunsch dort angemeldet, denn das Institut hatte einen hervorragenden Ruf. Dass die Ausbildung dort ausgesprochen streng war, wurde von den Eltern der Schülerinnen durchaus begrüßt, und auch mich schreckte dieser Umstand nicht. Ich wollte im Internat meinen Schulabschluss machen und hatte zudem die Möglichkeit, Lehrgänge in Naturheilkunde, Diätetik und Krankenpflege zu absolvieren – eine gute Vorbereitung auf meinen späteren Wunschberuf Krankenschwester.

Die Erziehung dort stellte sich tatsächlich als äußerst rigide heraus, jeder Verstoß gegen die Hausordnung wurde mit Peitschenhieben bestraft. Damals war die Prügelstrafe in Schulen und Heimen bereits verboten, doch in Klöstern und kirchlichen Einrichtungen galten offenbar eigene Regeln und Gesetze. Das Fehlverhalten einer Schülerin wurde von ihrer Erzieherin in Form von Tadelsstrichen in einem Strafbuch notiert, und am Freitagnachmittag wurde abgerechnet. Die Sünderin hatte dann mit dem Strafbuch im Dienstzimmer zu erscheinen. Dort hing an der Wand ein großes Holzschild, auf dem zu lesen stand:

Strenge Zucht – gute Frucht!

Die Bestrafung wurde von der Schwester Oberin, der Leiterin des Klosters, persönlich durchgeführt. Die Schülerin musste sich ganz ausziehen und in genau vorgeschriebener Stellung über einen Hocker legen, das Hinterteil nach oben gereckt, die Hände auf den Boden gestützt, die Beine gestreckt und die Füße in einem Abstand von neunzig Zentimetern auf den

Zehen ruhend. Der geforderte Abstand der Füße war mit zwei Klebestreifen auf dem Boden markiert. Diese Position bewirkte eine gewisse Spannung im Po und erhöhte die Konzentration des Mädchens auf die während der Züchtigung erforderliche Körperbeherrschung.

Für die Oberin war der Freitagnachmittag der Höhepunkt der Woche. Ein verzückter Gesichtsausdruck zeigte schon am Morgen beim Frühstück ihre Vorfreude auf das anstehende Ritual. Wenn es dann am Nachmittag endlich losging, verrieten ihre glühenden Wangen und die bebende Stimme ihre Erregung. Sie liebte den Anblick der nackten Mädchen-Popos, genoss das Pfeifen und satte Aufklatschen der Peitsche und das Springen der Gesäßmuskulatur unter den wuchtigen Hieben. Wahrscheinlich konnte sie sich ein Leben ohne diese Prozedur, die den Freitag für sie zum Festtag machte, gar nicht mehr vorstellen. Für die Mädchen aber, die zwischen vierzehn und zweiundzwanzig Jahre alt waren, bedeutete es immer wieder eine schlimme Demütigung, sich in die verhasste Strafposition begeben zu müssen - den Po stark herausgewölbt und die Beine gespreizt. Doch Schläge, Erniedrigung und Beschämung waren unanfechtbare Komponenten des Erziehungskonzeptes in diesem Kloster.

Bevor sie die Peitsche ergriff, las die Oberin der Delinquentin ihr Sündenregister vor, sie tat das mit aufreizender Langatmigkeit. Dann verkündete sie das Strafmaß – das Gewöhnliche waren fünfundzwanzig Hiebe – je nach Anzahl der Tadelsstriche konnte es aber auch deutlich mehr werden. Als Nächstes griff sie das Hinterteil des Mädchens mit den Fingern ab, um seine Festigkeit und Empfindlichkeit zu prüfen. Ab und zu verabreichte sie mehr oder weniger kräftige Klatscher mit der flachen Hand und ergötzte sich am Beben der Backen. Dieses

Befingern, Begrapschen und Betatschen zog sich bis an die Grenze des Erträglichen in die Länge. Die ununterbrochene Streck- und Spreizstellung der Beine führte schließlich zu einem zunehmenden Zittern der Bein- und Pomuskulatur, ein Schauspiel, das die Sadistin minutenlang auskostete, bis sie *zur Auflockerung* zwanzig Kniebeugen befahl. Dann hieß es wieder »Stellung!« – also wieder über den Hocker – und weiter ging es mit dem Grapschen und Tatschen. Die Angst vor den bevorstehenden Schlägen wurde auf diese Weise immer stärker – und genau das war beabsichtigt. Natürlich kannte die Oberin die strafverschärfende Wirkung des immer wieder hinausgezögerten Beginns der Züchtigung.

Zu guter Letzt bekam das Mädchen den Po noch gründlich eingefettet und durchmassiert. Es mag zynisch anmuten, doch diese Maßnahme – von den Schülerinnen als weitere Schikane empfunden – war tatsächlich sinnvoll. Sie machte die Haut geschmeidig und verhinderte ein Aufplatzen der Peitschenschwielen. Mit zwei kräftigen Klatschern auf beide Pobacken des Mädchens beendete die *Hexe* – so wurde sie von den Schülerinnen heimlich genannt – schließlich das Vorbereitungsritual. Die Oberin ergriff die schwere Lederpeitsche und begann mit dem Erteilen der Hiebe. Das Mädchen, dem ohnehin ein hohes Maß an Strafdisziplin abverlangt wurde, musste die Schläge laut mitzählen. Wenn eine Zahl nicht deutlich zu verstehen war oder im Schmerzensschrei unterging, wurde von vorne begonnen. Huuitt – pfiff die Peitsche, »eins – aaauuuh« brüllte das Mädchen – huuitt – »zweiaaaahh« – und so fort. Jeder, der einem solchen Vollzug beigewohnt hat, weiß, wie sich das anhört. Und jeden Hieb, den die Bedauernswerte übergezogen bekam, begleitete ihre Peinigerin mit einem befriedigten »So!«

oder mit lustvollem Seufzen. Flagellantin durch und durch sah sie keinerlei Grund, ihre Freude an diesem Ritual zu verbergen, denn sie war ja von seinem erzieherischen Wert fest überzeugt und eine leidenschaftliche Verfechterin strenger Zucht.

Nach etwa vierzig verabreichten Hieben wurde die Prozedur abgebrochen. Hatte die Gestrafte bis dahin nicht ohne Unterbrechung bis fünfundzwanzig durchgezählt, bekam sie vierzehn Tage später wieder die Peitsche zu spüren. Es konnte vorkommen, dass eine Schülerin mehrere Monate lang vierzehntägig über den Hocker musste, vor allem dann, wenn sie sich in der Zwischenzeit weitere Tadelsstriche eingehandelt hatte.

Nach dem Abbüßen der Verfehlungen musste sich das Mädchen für jeden Hieb mit zwei Kniebeugen bedanken und anschließend noch eine halbe Stunde mit dem Gesicht zur Wand Strafstehen – immer noch nackt und mit hinter dem Kopf verschränkten Händen. Derweil trat bereits die nächste Kandidatin zur Abrechnung an, sie wurde durch den Anblick des verstriemten Hinterns ihrer Vorgängerin dann gleich in die richtige Stimmung versetzt.

Ich war von dieser Art der Bestrafung ausgenommen. Was sich an den Freitagen im Dienstzimmer abspielte, weiß ich nur aus den Schilderungen meiner Kameradinnen, zudem habe ich die übel gezeichneten Hinterteile oft genug zu sehen bekommen. Aber schon nach kurzer Zeit wurde mir klar, dass die Oberin es in besonderer Weise auf mich abgesehen hatte. Die Tadelsstriche in meinem Strafbuch bekam ich in Form von *Exerzitien* abgegolten. Darunter versteht man gemeinhin die religiösen Übungen der Katholiken: Schweigetage, Fasten, auch Leibesertüchtigung. Das, was die Oberin mit mir anstellte, hatte jedoch wenig damit zu tun; die Bezeichnung war in diesem Fall reine

Blasphemie. Ich musste mich abends nach dem Nachtmahl bei ihr in ihrer Kammer melden. Dort, bei Kerzenlicht, hatte ich mich vollständig zu entkleiden. Hierauf galt es, körperliche Übungen zu absolvieren; ich musste die verschiedensten Positionen, insbesondere Spreiz- und Streckstellungen einnehmen. Dabei leistete mir die Oberin *Hilfestellung* in Form von Klapsen – das konnte auch mal eine kräftige Ohrfeige sein – und bestimmten Handgriffen. So hatte sie die Möglichkeit, mich überall am Körper anzufassen. Die eigentliche Bestrafung sah dann so aus, dass ich den Hintern mit der Hand versohlt bekam, dazu musste ich mich über ihren Schoß legen. Sie begründete das damit, dass ich zu zart besaitet für eine Peitschenzüchtigung sei, sie wisse schon, wie sie jede Schülerin zu erziehen und zu bestrafen habe. Das war natürlich blanker Unsinn. Jahrelang durch den Rohrstock abgehärtet, konnte ich sicher deutlich mehr an Schlägen verkraften als die meisten Mädchen im Internat. Und freitags im Dienstzimmer mit der Peitsche vermöbelt zu werden – das wäre mir tausendmal lieber gewesen als diese intimen Tête-à-têtes bei Kerzenschein in der Kemenate der Oberin.

Das Poversohlen konnte bis zu einer vollen Stunde dauern. Immer wieder unterbrach sie die Strafmaßnahme, streichelte meinen Hintern, küsste ihn, leckte die brennenden Backen nass und pustete darauf, um sie zu kühlen. Schließlich fuhr sie mir mit beiden Händen – von vorne und hinten – zwischen die Beine, massierte mich dort gefühlvoll und stimulierte meine Klitoris. Sie tat das sehr gekonnt und raffiniert; es gelang ihr immer wieder, mich gegen meinen Willen zu erregen. Wenn es dann endlich vorbei war, musste ich noch ein Bußgebet sprechen, hierauf folgte eine ganze Litanei von Belehrungen und Ermahnungen. Als Nächstes zog sie mich an sich, umarmte mich, tätschelte meinen glühenden Po und erklärte mich für *absolviert*. Zu guter Letzt bekam ich einen langen Kuss auf den Mund, dann durfte ich mich anziehen und die Kemenate verlassen. Später im Schlafsaal musste ich meinen Mitschülerinnen natürlich alles haargenau erzählen und zum Beweis meinen knallroten Hintern vorzeigen.

Eine böse Schikane war neben allem anderen auch der dreimal wöchentlich stattfindende Turnunterricht. Wir Mädchen trugen dabei außer Socken und Turnschuhen nur kurze, ärmellose Hemdchen und knapp sitzende Höschen, die das Hinterteil nur zur Hälfte bedeckten und während der Turnübungen fast vollständig in die Pospalte rutschten. Die Turnlehrerin hielt stets einen Rohrstock in der Hand und kontrollierte die Übungen, die wir an Reck, Stufenbarren, Pferd, Bock und anderen Geräten auszuführen hatten. Wenn sie mit den Leistungen einer Schülerin nicht zufrieden war – oft genug aber auch ohne jeden Grund – schlug sie mit dem Stock zu. Die Schläge landeten auf dem fast nackten Hintern oder auf den Schenkeln und hinterließen grässliche Spuren. Bei diesen Turnstunden habe ich mir so manchen Hieb eingefangen, ich weiß nicht, ob meine Kehrseite die Lehrerin in besonderem Maße zum Zuschlagen einlud. Wenn wir auf den Geräten in bestimmten Stellungen verharren mussten, durften wir nicht zittern oder wackeln, sonst gab's eins drüber. Die Hiebe steckte ich trotzig weg, und ich triumphierte jedes Mal innerlich, wenn ich es schaffte, keinen Schmerzenslaut von mir zu geben. Beim gemeinsamen Duschen nach dem Turnen wurden dann die Striemen sachkundig begutachtet. Ich war stolz, wenn ich es wieder einmal war, die am meisten abbekommen hatte.

Nach einigen Monaten konnte ich die *Exerzitien* nicht mehr ertragen. Ich schämte mich, wenn ich über dem Schoß der Oberin lag und den blanken Po vollgeklatscht bekam. Natürlich war diese Frau lesbisch, womöglich in mich verliebt und sexuell zutiefst unbefriedigt. Eine normale Sexualität blieb den Nonnen ja aufgrund ihres Gelübdes verwehrt. Das Streicheln und Tätscheln und Abküssen konnte ich nicht mehr aushalten, vor allem nicht ihre wiederholten Versuche, meinen Orgasmus zu erzwingen. Ich wusste, was sie vorhatte. Sie wollte mich in eine sexuelle Abhängigkeit bringen – mich zu ihrer Sex-Sklavin machen! Das war ihr bei einer anderen Schülerin schon einmal gelungen. Dieses Mädchen war ihr hörig, wurde seelisch krank und musste nach einem Selbstmordversuch in eine Nervenklinik eingewiesen werden. Eine Kameradin, meine Nachbarin im Schlafsaal, hatte mir das erzählt. Ich bekam Angst, dass es mir auch so ergehen könnte. Deshalb schrieb ich an meinen Vater und bat ihn, mich wieder aus dem Internat zu nehmen, was schließlich auch geschah.

Hiebe und Küsse

Im Jahre 1990 zog ich mit meinen Eltern nach Hamburg. Diese Stadt hatte mich schon immer gereizt, deshalb war ich hocherfreut, als mein Vater dort in der Elektroabteilung eines großen Kaufhauses eine Stellung als Abteilungsleiter angeboten bekam. Exakt an seinem ersten Arbeitstag begann ich meine Fachausbildung zur medizinisch-technischen Assistentin.

Immer noch hatte ich meine Tagträume; nach wie vor und mit zunehmender Intensität sehnte mich danach, den Hintern versohlt zu bekommen, meine Erlebnisse im Kloster hatten nichts daran geändert. Oft ertappte ich mich auch bei Phantasien, in denen ich irgendwo im Orient als Sklavin zum Verkauf angeboten wurde und glutäugige, schwarzbärtige Araber gierig um mich feilschten. Ich hatte auch Träume, in denen ich von mehreren Männern entführt, ausgepeitscht und vergewaltigt wurde. Besonders gut erinnere ich mich an einen Film, den ich seinerzeit sah. Darin gibt es eine Szene, in der eine Frau von Soldaten gezüchtigt wird, sie muss splitternackt an den Spalier stehenden Männern vorbeilaufen und bekommt von jedem eins mit dem Stock übergezogen. Das hat mich so aufgeregt, dass ich es mir am liebsten noch im Kino selbst besorgt hätte. Monatelang war das dann meine Lieblingsphantasie – allerdings war *ich* darin die Gestrafte.

Wenn ich mich selbst befriedigt hatte, bekam ich ein schlechtes Gewissen. Ich machte mir Sorgen, dass mit mir etwas nicht stimmte. Durch meine katholische Erziehung geprägt, glaubte ich sogar manchmal, dass ich durch und durch verdorben sei. Doch die Phantasien wiederholten sich immer wieder, und mit Vorliebe sah ich mir Filme oder Videos an, in denen Frauen entführt, misshandelt und zu Sklavinnen abgerichtet werden.

Wenn ich in einer Videothek ein solches (meist grottenschlechtes) Machwerk in die Hände nahm, den reißerischen Titel las und das entsprechende Coverbild sah, spürte ich, wie sich mein Puls und meine Atmung spontan beschleunigten. Und noch etwas nahm ich wahr, ein beunruhigendes, aber doch köstliches Gefühl sinnlicher Erregung, ein Kribbeln und Vibrieren wie von elektrischem Strom, das sich aus meinem Becken in den Bauch, über den Rücken, den Hintern und an den Beinen entlang bis zu den Zehen zog. Damals war diese Empfindung noch neu für mich, sie ängstigte und erschreckte mich sogar, doch heute ist sie mir nur allzu vertraut. Sie wurde im Laufe der Jahre immer stärker, ich möchte sie keinesfalls missen – womöglich bin ich süchtig danach. Es ist schwer, Gefühle mit Worten zu beschreiben; Formulierungen wie *Prickeln auf der Haut* oder *Kribbeln im Unterleib* sind zwar zutreffend, sie berücksichtigen aber nicht die ganze Bandbreite der Emotionen und lassen insbesondere das seelische Erleben außen vor. Es ist eher wie ein Rausch, deshalb wäre vielleicht *ekstatischer Rausch* die richtige Bezeichnung für diesen Zustand.

Im Frühjahr 1991 – ich war nun 22 Jahre alt – lernte ich Sebastian (damals 29) kennen. Er ist Musiker, sein Instrument ist die klassische Gitarre. Das Erste, was ich von ihm hörte, war seine Musik, denn ich besuchte auf Einladung einer Freundin – seiner Schülerin – ein Konzert von ihm. Ich weiß noch genau das Datum, es war am Freitag, dem 26. April um 20 Uhr. Sein Spiel beeindruckte mich tief, die Musik war traurig, aber auch voller Kraft und Zuversicht. Nach dem Konzert gingen wir zu ihm und meine Freundin fragte, ob er noch auf ein Glas Wein mit uns kommen wollte. Er sah mich lange an – und sagte zu. Ich bin sicher, dass es für uns beide Liebe auf den ersten Blick war, denn von diesem Abend an war irgendwie alles anders. Durch Briefe und Telefonate kamen wir uns immer näher, wir fühlten, dass wir zusammengehörten. Bald schon galten wir im Bekannten- und Freundeskreis als festes Paar, und ich nannte ihn auch gegenüber meinen Eltern meinen Freund.

Eines Abends rief Sebastian an und lud mich für den Freitagabend ins Kino und anschließend zum spanischen Essen ein. Natürlich akzeptierte ich, und an meinem Herzklopfen und dem Gefühl freudiger Erregung merkte ich, wie verliebt ich war. Es gab den Film *Carmen* in der Flamenco-Version von Carlos Saura.

Zutiefst beeindruckt von der Dramatik dieses Films verließ ich stolz und mit gestrafften Muskeln das Kino. Beim Essen diskutierten wir über den Film und stellten fest, dass eine Frau wie Carmen in vielen Romanen und Filmen auftaucht.

»Was ist das Faszinierende an diesen Frauen?«, fragte ich Sebastian.

»Sie sind schön, verführerisch und lasziv«, erklärte er mir, »und sie kennen genau ihre Wirkung aufs andere Geschlecht. Aber man kann sie nicht fassen und schon gar nicht besitzen. Sie spielen nur mit den Gefühlen der Männer und genießen ihre Macht über sie. In der Novelle sagt Don José über Carmen: *Sie log; sie hat immer gelogen. Ich weiß nicht, ob dieses Weib je in ihrem Leben ein wahres Wort gesprochen hat. Aber als sie so redete, glaubte ich ihr. Ich war nicht stark genug, ihr zu widerstehen.«* Sebastian setzte hinzu: »Das Verhängnis beginnt, wenn man sich als Mann in so eine Frau verliebt. Es endet immer mit einer Tragödie, in Carmens Fall mit ihrem Tod.«

»Vielleicht bin ich auch so eine Frau«, warnte ich ihn.

»Dann kennst du ja dein Schicksal«, gab er lächelnd zurück.

Nach dem Essen gingen wir zu ihm nach Hause. Kaum angekommen lagen wir uns in den Armen und küssten uns die Lippen wund. Er bat mich, bei ihm zu übernachten, ich willigte ein, wollte aber noch meinen Eltern telefonisch Bescheid geben.

»Ich werde sagen, dass ich bei meiner Freundin schlafe«, erklärte ich, aber mein Freund sagte ruhig und bestimmt: »Das wirst du nicht tun, Vanessa! Wenn ich etwas hasse, dann ist es unnötige Lügerei.«

Da erwachte das trotzige Mädchen in mir, und ich erwiderte patzig: »Das musst du schon mir überlassen, was ich meinen Eltern sage!«

»Wenn du deine Eltern belügst, versohle ich dir den nackten Arsch!«

Für einen Moment verschlug es mir die Sprache. Wir starrten uns an und ich spürte, wie mir das Blut ins Gesicht schoss und mein Herz wild zu pochen begann. »Ja, Sebastian, versohl mir den Arsch, du hast ja keine Ahnung, wie lange ich schon darauf warte!« Das hätte ich am liebsten begeistert ausgerufen. Aber natürlich tat ich das nicht, ich war ja eine solide, wohlerzogene junge Frau. Stattdessen stieß ich hervor: »Das wagst du nicht!« Erwartungsvoll stand ich vor ihm und seine beschleunigte Atmung verriet mir, dass er nicht weniger erregt war als ich. Plötzlich riss er mit einer blitzschnellen Bewegung meinen Minirock nach oben, ebenso schnell war der Slip unten, im nächsten Moment setzte er sich aufs Bett und zog mich über seinen Schoß, wo er mich geschickt fixierte, indem er mir einen Arm auf den Rücken drehte. Ich war so verdutzt, dass ich zu keiner Gegenwehr fähig war, und bevor ich noch dazu kam, mich zu schämen, denn schließlich sah mein Freund zum ersten Mal meinen nackten Po, sausten – links, rechts – laut klatschend die Hiebe herunter. Ich strampelte und schrie, rief laut um Hilfe und kniff ihn mit meiner freien Hand ins Bein, so fest ich nur konnte, aber mein Freund machte unverdrossen weiter und es gelang mir nicht, mich aus seinem Klammergriff zu befreien. Er hatte eine beeindruckende *Handschrift*, er schlug hart und verbissen, heftiger, als mein Vater mich je mit der Hand bearbeitet hatte. Doch zugleich mit dem Schmerz und der Scham fühlte etwas herrlich Befreiendes, ein euphorisches Gefühl durchzog mich und eine Stimme in mir rief jubelnd: »Ja! ... jaa!! ... jaaaa!!! Das ist es, was du willst und was du brauchst!«

Endlich gab er mich frei, ich erhob mich, zog hastig meinen Slip hoch und den Rock darüber. Wortlos stand ich dann da, mit den Händen auf meinem Hintern. Eigentlich hätte ich jetzt die Entrüstete spielen müssen, ihn beschimpfen, ohrfeigen und mit lautem Türknallen seine Wohnung verlassen. Doch stattdessen starrten wir uns nur wieder an und lasen in unseren Augen, dass wir das Spiel noch nicht beenden wollten.

»Das ist nicht genug«, sagte Sebastian, »das reicht nicht. Du musst härter bestraft werden!«

Nun wurde es mir doch ein wenig mulmig, weil ich nicht wusste, was er mit mir vorhatte. Er öffnete die Tür zu einer winzigen Besen- und Vorratskammer und nahm einen Staubwedel heraus, einen Bambusstock mit buntem Plüschaufsatz. Ein erschrecktes Aufstöhnen entfuhr mir, denn ich verstand sofort, was er mit dem Ding tun wollte.

»Den Rock runter! Zieh ihn ganz aus!« befahl mir mein Freund.

Brav spielte ich das zerknirschte, schlimme Mädchen und gehorchte. Doch ich hatte Mühe, meine freudige Erregung nicht zu zeigen. Schon seit Jahren träumte ich von einer solchen Situation – wie oft schon hatte ich mich danach gesehnt, nach Strich und Faden den Hintern versohlt zu bekommen!

»Die Schuhe und Strümpfe ziehst du auch aus!«

Wieder gehorchte ich.

»Und jetzt den Slip!«

Nach kurzem Zögern befolgte ich auch diesen Befehl. Nun stand ich mit bloßem Unterkörper vor ihm und trug nur noch mein knappes Top. Das alles erinnerte mich auf penetrante Weise an die häuslichen Züchtigungen während meiner Schulmädchenzeit, und doch war es so ganz anders. Natürlich schämte ich mich vor meinem Freund, ich war unsicher, ob ich ihm wirklich gefiel, vielleicht stand er auf sehr schlanke Frauen und fand meinen Hintern viel zu üppig – jede verliebte Frau hegt solche Zweifel. Doch diese Gedanken und Gefühle wurden von einem fast feierlichen Hochgefühl überlagert.

Sebastian sah sich im Zimmer um, er suchte nach einem geeigneten Zuchtmöbel, schließlich ergriff er einen Stuhl und stellte ihn in die Mitte des Raumes.

»Beug dich über die Lehne!« hieß es dann.

Ich trat hinter den Stuhl. Die Lehne hatte genau die richtige Höhe, die obere runde, gepolsterte Querstrebe schmiegte sich perfekt in meine Leistenbeuge, meinen Kopf und Oberkörper neigte ich tief nach unten und mit den Händen umfasste ich die vorderen Stuhlbeine.

»Die Füße weiter auseinander!« lautete das nächste Kommando.

Ich gehorchte, und Sebastian stellte fest: »Es ist ja nicht das erste Mal, dass du den Hintern versohlt bekommst und du weißt ja, was die einzig richtige Strafe für verwöhnte und verlogene Luder deiner Sorte ist, eine ordentliche Tracht mit dem Rohrstock!«

Trunken vor Wonne sog ich seine Worte in mich auf.

»Los fang an! Bestraf mich! Zeig's mir!« hätte ich am liebsten laut gerufen, doch ich spielte konsequent weiter die schuldbewusste Sünderin. Und längst war es schon wieder da, dieses Gefühl, das mich so aufregend elektrisierte, es wurde immer stärker und breitete sich in meinem ganzen Körper aus. Mein Po vibrierte in Erwartung der Hiebe, und unwillkürlich stieß ich einen abgrundtiefen Seufzer der Vorfreude aus.

Endlich ergriff mein Freund den Wedel dicht über dem Plüschaufsatz, holte aus, und pfeifend sauste der lange Bambusstiel über meine beiden Pobacken.

»Aaaaauuuhh«, war meine Antwort darauf. Die Heftigkeit des Schmerzes brachte mich schlagartig – im wahrsten Sinne des Wortes – auf den Boden der Tatsachen zurück, sofort war mir wieder klar, was es bedeutet, den blanken Po mit einem Stock versohlt zu bekommen.

Und weiter ging dieses Konzert – sicher ein Ohrenschmaus für jeden Flagellanten. Huuitt – pfiff der Rohrstock – klatsch – landete er auf meiner Kehrseite, und »aaaaauuhh!« hörte ich mich brüllen.

»Na, mein Mädchen«, rief Sebastian böse, »das spürst du und das tut dir gut, nicht wahr? Huuitt – aaauhh – ja, das brauchst du – huuitt – aaahh – den Rohrstock – huuitt – über den nackten Arsch – huuitt – wie sich's gehört – huuitt – das hast du verdient – huuitt – siehst du das ein – huuitt – du freches Biest? Huuitt – aaauuh – jaaa! Huuitt – das ist die Strafe – huuitt – für deine Aufsässigkeit – huuitt – für deine Verlogenheit – huuitt – für deinen Ungehorsam – huuitt – klatsch – aaauuhh« – und so ging's weiter.

Nachdem er die Züchtigung mit fünf *Durchgezogenen* – also extra kräftigen Hieben – beendet hatte, legte er das Schlaginstrument beiseite, zog mich an den Haaren hoch und schloss mich in seine Arme. Ich begann zu weinen, ob vor Schmerz oder vor Glück – ich weiß es nicht mehr.

Er zog mich dann zum Bett, setzte sich, presste sein Gesicht an meinen Schoß und massierte und knetete mit beiden Händen meine durchgestriemten, heißen Hinterbacken. Die Schläge, die ich kassiert hatte, waren nicht allzu heftig gewesen, aber es lag immerhin vier Jahre zurück, dass ich zuletzt einen Stock auf meinem nackten Po zu spüren bekommen hatte.

Mit Vehemenz verlangte nun die Natur ihr Recht, Sebastian riss mir das Top vom Leibe und entkleidete sich selber mit fliegenden Fingern. Dann fielen wir regelrecht übereinander her, warfen uns aufs Bett und liebkosten, küssten und liebten uns. Es war unbeschreiblich schön, nie zuvor in meinem Leben war ich derartig erregt gewesen und nie hätte ich gedacht, dass es so starke Gefühle geben könnte. Laut und hemmungslos schrie ich meine Lust heraus, begleitet vom Keuchen und Stöhnen meines Freundes.

Es war mir klar, was dieser Abend für mein zukünftiges Leben bedeutete. Nachdem Sebastian meine verborgene Sehnsucht mit so sicherem Instinkt erspürt hatte, wusste ich, dass ich ihm nun völlig ausgeliefert war. Schon wenige Tage nach unserem Kennenlernen hatte er mich mit einem Reitpferd verglichen, mit einer Stute, die viel Liebe, viele Streicheleinheiten – aber manchmal auch die Peitsche braucht. Ich war ja bereits bis über beide Ohren in ihn verliebt, aber die Vorahnung künftiger Wonnen, die er in mir erweckt hatte, verstärkte meine Bindung an ihn auf schwindelerregende Weise. Längst hatte ich auch begriffen, dass mein Leben ohne flagellantische Freuden leer und trostlos sein würde. Auch war ich mir völlig sicher, dass ich mit keinem anderen Mann jemals meine Sexualität so frei würde ausleben können. Immer hatte ich gedacht, dass es in diesem Bereich für mich viele Barrieren zu überwinden gäbe, weil ich ja streng katholisch erzogen wurde. Umso beglückender war die Erfahrung mit Sebastian, in dessen Gegenwart ich meine Verklemmtheit problemlos über Bord werfen konnte.

Doch immer wieder beschlichen mich auch die quälenden Gedanken, die ich bereits erwähnte. War ich noch normal? Waren meine Phantasien, meine Affinität zu strenger Zucht und harten Körperstrafen, diese Exzesse mit Sebastian – war das alles nicht total pervers? Hatte ich meine Lektionen in der Vergangenheit nicht zur Genüge gelernt? Unzählige Male hatte ich den Rohrstock zu spüren bekommen, hatte vor den Bestrafungen gezittert, mich fast zu Tode geschämt, wenn ich mit blankem Hintern über die Sofalehne musste, hatte unter den Hieben vor Schmerz und Wut geheult und geflucht! Jemand, der so etwas vermisst und sich sogar danach sehnt, muss doch einen weichen Keks haben, dachte ich immer wieder. Es sollte noch einige Zeit dauern, bis ich dieses nur scheinbare Paradoxon begreifen konnte.

Nach Mitternacht rief ich noch meine Eltern an. Sie waren schon in Sorge und noch nicht zu Bett gegangen. Ich entschuldigte mich und erstattete wahrheitsgemäß – allerdings nicht ausführlich – Bericht, danach kroch ich wieder zu Sebastian ins Bett. Noch zweimal liebten wir uns in dieser Nacht, und noch immer war unser Verlangen nicht gestillt. Doch schließlich übermannte uns die Müdigkeit, ich schmiegte meine Wange an seine Brust und schlief, seinen Achselschweißgeruch in der Nase und seinen Herzschlag im Ohr, wunderbar gelöst und selig ein.

Am nächsten Morgen – es war Samstag – konnten wir ausschlafen und ausgiebig frühstücken. Der Nachklang unseres Erlebnisses vom Vorabend war für uns noch deutlich spürbar, deshalb landeten wir – kaum, dass wir zu Ende gefrühstückt hatten – schon wieder im Bett. Wir waren nun schon recht gut aufeinander eingespielt und kamen gemeinsam zum Höhepunkt – dann lagen wir wieder entspannt und glücklich nebeneinander.

Nach einer Weile fragte ich: »Hattest du eigentlich viele Frauen vor mir?«

Heute weiß ich, dass das eine typisch weibliche Frage ist. Die typisch männliche Gegenfrage, um Zeit zu gewinnen, lautet: »Wieso interessiert dich das?« Darauf folgt die vielsagende weibliche Antwort: »Weil es mich interessiert.« Genau so lief der Dialog auch bei uns ab.

»Wer ist das Mädchen auf dem Foto dort über der Kommode?«, fragte ich dann, »die sieht nett aus, aber noch unheimlich jung.«

»Auf dem Bild ist sie auch erst zwölf. Es ist eine Vergrößerung des Passfotos aus ihrem Schülerausweis.«

»Hast du mit der was gehabt?«, setzte ich das Verhör fort.

»Ja«, erwiderte er, »aber da war sie schon dreizehn.«

»Was?« Plötzlich saß ich kerzengerade im Bett. »Du hast es mit einer Dreizehnjährigen getrieben?«

»Keine Panik«, beschwichtigte er mich, »obwohl – nun ja – es war sicher ein heikles, aber auch eins der schönsten Erlebnisse meines Lebens.«

»Erzählst du es mir?«

»Wenn du es möchtest.«

»Ich möchte es.«

Ich legte mich wieder hin und kuschelte mich ganz eng an ihn. Inzwischen war es aber bereits Nachmittag geworden, und unsere Bäuche knurrten unüberhörbar.

»Pass auf«, sagte Sebastian, »ich bereite uns jetzt eine Platte mit Tapas, Brot, Serrano-Schinken, Salami, Käse, Oliven, Zwiebeln, Gurken und dazu einen guten Rotwein. Eine warme Mahlzeit gibt es dann heute Abend, ich führe dich zum Essen aus.«

»Einverstanden«, erwiderte ich, denn ich konnte durchaus einen Bissen vertragen. Ich zog meinen Slip und er seine Unterhose an, und ich nahm am Tisch Platz. Als ich mich setzte, erinnerte mein Po mich eindrucksvoll an mein gestriges Erlebnis der schmerzhaften Art, und ich zog geräuschvoll die Luft durch die Zähne. Mein Freund sah mich vielsagend und verständnisvoll lächelnd an und alleine sein Blick bewirkte, dass ich in einem gewissen Bereich meines Körpers wieder ein aufregendes Kribbeln verspürte.

Sebastian servierte dann die Tapas und öffnete eine Flasche Wein. Er goss unsere Gläser voll, stieß mit mir an, blickte mir lange in die Augen und sagte zu mir: »Vanessa, ich liebe dich! Ich will, dass du bei mir bleibst!«

Ich spürte, wie meine Augen feucht wurden, und schon kullerten die Tränen. Schluchzend und mit erstickter Stimme antwortete ich ihm: »Ich liebe dich auch, Sebastian, ich liebe dich wie eine Wahnsinnige! Und ich werde bei dir bleiben!«

Wir küssten uns lange, und nachdem ich mich wieder etwas beruhigt und wir unseren Hunger ein bisschen gestillt hatten, schlug ich vor: »Komm, wir legen uns wieder ins Bett, die Flasche Wein machen wir dort leer und du erzählst mir die Geschichte von der Dreizehnjährigen, aber mit allen Einzelheiten, hörst du? Wehe, du lässt etwas aus!«

»Gut«, sagte er. Wir machten es uns wieder im Bett bequem, und nachdem er den letzten Salamihappen mit einem kräftigen Schluck Rotwein hinuntergespült hatte, begann er zu erzählen: »Es war vor sieben ... nein ... warte mal ... vor genau sechs Jahren war das. Und zwar während eines Gitarrenlehrgangs in Frankreich, in Banyuls-sur-Mer, einem reizenden Ort direkt an der Küste. Die Kurse fanden vormittags und nachmittags statt. In der freien Zeit ging ich mit einem Freund oft in eine Diskothek, die direkt am Strand lag. Dort sah ich das Mädchen zum ersten Mal. Sie saß mit einer Gruppe schnatternder und kichernder Mädchen an einem Tisch und trank Cola. Sie saß mit dem Rücken zur Wand, deshalb konnte sie mich sehen.«

»Wie war sie?«

»Du hast sie ja auf dem Foto gesehen. Sie hatte dunkle, glatte Haare, die typische Pagenfrisur mit Pony, wie sie viele Mädchen damals hatten. Sie sah hübsch, aber eigentlich ziemlich durchschnittlich aus, keine auffallende Schönheit oder so. Natürlich hat sie gesehen, dass ich mich für sie interessierte. Immer wieder suchten sich unsere Augen, ihre Freundinnen merkten zu erst gar nicht, dass sie nur schweigend dasaß und mich ernst ansah. Schließlich lächelten wir uns gleichzeitig an und ich forderte sie mit einer Kopfbewegung auf, zur Tanzfläche zu gehen.«

»Ach, du kannst tanzen?«, wunderte ich mich, »sagtest du nicht einmal, dass du es nicht könntest?«

»Ich kann es auch nicht, wir tanzten nur zu langsamen Titeln und haben uns eng aneinander geschmiegt auf der Tanzfläche herumgeschoben, sie immer mit dem Kopf an meiner Schulter und die Arme um mich geschlungen, und ich mit den Händen auf ihrem …«

»Iiiiih, eine Spinne!«, rief ich plötzlich aus, »da an der Wand sitzt eine Spinne! Wo hast du den Staubwedel?«

»Ach, lass sie doch, sie ist doch nicht sehr groß!«

»Ich habe aber Angst vor Spinnen!«

»Hat dir schon einmal eine Spinne etwas getan?«

»Ja, mich erschreckt!«

»Aber nicht mit Absicht.«

»Weiß ich nicht.«

Mein Freund erklärte mir: »Als Gitarrist kann man von Spinnen viel lernen, sie sind Bewegungsrationalisten. Es gibt sogar eine technische Übung für die linke Hand, die »Spinne« heißt. Dabei bewegen sich die Finger wie die Beine einer Kreuzspinne, wenn sie ihr Netz webt.«

»Aber dieses Ungeheuer krabbelt gleich zu uns ins Bett!«

»Nein, tut sie nicht.«

»Bestimmt nicht?«

»Ganz bestimmt!«

»Na gut. Wie ging es mit der Spinne weiter? Quatsch, mit dem Mädchen?«

»Nun, ich habe sie natürlich ein bisschen ausgefragt und erfuhr, dass sie aus München kam und sich in Banyuls anlässlich einer Schullandheimfreizeit aufhielt, so etwas wie Reiterferien.«

»Wie hieß ... wie heißt sie?«

»Denise.«

»Aha.«

»Ja. Sie sagte, sie sei sechzehn und gehöre zu den Jüngeren der Gruppe, die älteren Mitglieder seien achtzehn oder neunzehn. Na ja, es ging dann auf gleiche Weise weiter, in den Tanzpausen saß sie bei ihren Freundinnen und ich stand an der Bar. Wir tranken etwas und lächelten uns immer wieder an. Wenn ein langsames Stück gespielt wurde, ging sie zur Tanzfläche und erwartete mich dort. Pünktlich um neun war dann Schluss, weil sie zurück ins Heim musste.«

»Und das war alles?«

»Für diesen Abend ja. Um zehn mussten die Mädchen wieder in ihrer Jugendherberge sein. Am nächsten Abend war Denise – verabredungsgemäß – wieder da und wartete vor der Disco auf mich. Wir begrüßten uns mit einem langen Kuss – es war unser erster Kuss. Ich spürte, wie sehr sie sich auf unser Treffen gefreut hatte und auch ich war aufgeregt – irgendetwas war mit mir geschehen.«

»Warst du verliebt?«

»Ich weiß es nicht, auf jeden Fall fühlte ich mich stark zu ihr hingezogen.«

»Erzähl weiter«, sagte ich, nachdem er eine Weile geschwiegen hatte, und er fuhr fort: »Für den nächsten Tag hatten wir uns wieder verabredet, wir wollten barfuß einen Strandspaziergang machen. Es war ein herrlicher Frühlingstag, wir gingen Hand in Hand durch den weichen Sand und ließen unsere Füße vom Meerwasser umspülen. Wir waren nun schon sehr vertraut miteinander, sie plapperte frisch und fröhlich drauflos, von ihrem Zuhause, von der Schule, den Eltern und Geschwistern, ihrer besten Freundin und ihrer Liebe zu Pferden und zum Reiten. Auch ich erzählte viel von mir, von Musik und meinen Zukunftsplänen. Ich führte sie dann zu einer abgelegenen Bucht, die schwer zugänglich war und die ich sehr mochte, weil man dort gut alleine sein konnte, nur selten verirrte sich ein Mensch dorthin, dafür gab es viele Möwen und Krebse. Wir legten uns in den warmen Sand und begannen zu schmusen und uns zu streicheln, dabei zog ich ihr ein Kleidungsstück nach dem anderen aus. Es wurde uns beiden gar nicht bewusst, was da ablief und schließlich war sie splitternackt. Ich behielt aber meine Jeans an, lediglich mein Oberkörper war frei. Damals war ich manchmal fast wahnsinnig vor Sehnsucht nach körperlicher Liebe, und normalerweise hätte in einer solchen Situation mein sexuelles Verlangen übermächtig werden müssen. Aber das war nicht der Fall, Denise hatte nicht eine Sekunde lang Angst, dass ich versuchen könnte, mit ihr zu schlafen. Es war klar, dass dies nicht geschehen würde. Ich wusste, dass sie keine sexuelle Erfahrung hatte und auch zu diesem Zeitpunkt noch nicht dazu bereit war. Beide empfanden wir ein wunderbares Gefühl – so warm und zärtlich – wie in einem Traum. Das Meer war spiegelglatt und reflektierte die tief stehende Sonne, wir hörten das Kreischen der Möwen und zuweilen das ferne Signal eines Schiffes, dazu spürten wir den frühlingslauen Wind auf unserer Haut. Ab und zu kam vom Meer eine Brise, die etwas kühle Gischt mit sich führte. Uns durchfuhr dann jedes Mal ein wohliger Schauer, wir bekamen Gänsehaut und Denises Brustwarzen standen stramm. Klar waren wir erregt, aber ich habe sie nicht absichtlich sexuell gereizt, sie hat das auch nicht bei mir gemacht, meine Dauerlatte hat sie natürlich bemerkt.«

»Deine was?«

»Das haben wir damals so genannt. Das ist, wenn man über einen längeren Zeitraum ...«

»Ach so. Schon klar. Bitte weiter!«

»Das Schöne war, wie innig wir uns küssten und liebkosten und wie hingebungsvoll das Mädchen völlig nackt in meinen Armen lag. Ich fühlte mich ganz unbeschwert, ganz frei von dieser aggressiven Spannung, die einen als Mann überkommt, wenn man vor Geilheit am liebsten die Wände hochlaufen möchte.«

»So etwas gibt es auch bei Frauen«, belehrte ich ihn.

»Wenn du es sagst ... jedenfalls verbrachten wir viele Stunden so, wir sprachen kein Wort und waren uns doch ganz nah, womöglich kommen sich nur selten zwei Menschen so nah. Unsere Körper schienen eins geworden und die Zeit stand still. Ich bin sicher, dass dieses Erlebnis prägend für uns beide gewesen ist. Leider nahm der Nachmittag dann doch noch einen unschönen Ausgang.«

»Nämlich?«

»Wir gingen dann in mein Hotel, ich hatte ein Einzelzimmer mit Bad, sie wollte unter die Dusche. Ich seifte sie ein, spülte sie ab und rubbelte sie mit einem Frotteehandtuch trocken, als sei sie meine kleine Tochter, die ich liebevoll versorgte. Dann lagen wir noch eine Weile auf dem Bett – sie ganz nackt – ich mit Jeans und blankem Oberkörper wie zuvor am Strand. Wieder streichelten und küssten wir uns, noch einmal genossen wir dieses unbeschreiblich schöne Gefühl unseres Beisammenseins. Schließlich hieß es Abschied nehmen, weil es auf zehn Uhr ging und sie zurück ins Heim musste. Als sie ihre Handtasche öffnete und darin herumkramte – sie suchte wohl ihr Make-up Set – fiel ihr Schülerausweis heraus. Hätte sie nicht so hastig danach gegriffen, wäre ich gar nicht neugierig geworden, doch so merkte ich, dass etwas nicht stimmte, und verlangte den Ausweis zu sehen. Sie wurde knallrot und druckste herum, doch schließlich gab sie ihn mir. Ich las das Geburtsdatum, stellte fest, dass sie erst dreizehn Jahre alt war und erschrak bis in alle Glieder. Als ich mich von dem Schreck erholt hatte, bin ich furchtbar zornig geworden. Ich habe sie übers Knie gelegt und ihr kräftig und ausgiebig den nackten Hintern versohlt. Sie hat sich nicht gewehrt und auch kaum einen Laut von sich gegeben. Dann zogen wir uns an und ich begleitete sie bis zu ihrer Herberge. Den ganzen Rückweg über sprachen wir kein Wort. Ab und zu hörte ich einen Schluchzer von ihr, ich sah, wie sie trotzig die Lippen aufeinander presste, den Kopf abwandte und gegen die Tränen ankämpfte. Es gab keinen Gruß und auch keinen Kuss zum Abschied, und das nach diesem traumhaft schönen Nachmittag. Aber ich war wie gelähmt und einfach nicht fähig, einzulenken, ihr zu verzeihen, wozu es nur weniger Worte bedurft hätte – deshalb gingen wir schweigend auseinander.«

»Habt ihr euch nie wiedergesehen?«

»Doch. Am nächsten Tag wurde ich zur Rezeption des Hotels gerufen. Dort stand sie und erwartete mich. Ihre Augen waren verquollen und dunkel umrandet, sie hatte wenig geschlafen und viel geweint, das konnte sie auch mit Schminke nicht verbergen. Auch ich hatte schlecht geschlafen, ich war immer wieder aus Angstträumen hochgeschreckt. Träumen von Anklage wegen Unzucht mit Minderjährigen, Misshandlung oder gar Kindesmissbrauch, dann Gerichtsverfahren, Gefängnis und was sonst noch. Denise entschuldigte sich für ihre Lüge und bat mich um Verzeihung. Ich schloss sie in meine Arme und entschuldigte mich ebenfalls bei ihr. Ich sah die Sache inzwischen mit anderen Augen. Mädchen zwischen dreizehn und achtzehn sind nun einmal altersmäßig schwer einzuordnen, was spielte es also für eine Rolle, ob sie nun dreizehn oder sechzehn war. Ihrer körperlichen Entwicklung nach hätte sie auf jeden Fall sechzehn sein können. Sie hatte gelogen, weil sie annahm, dass ich mich mit einer Dreizehnjährigen nicht einlassen würde. Sie war mir auch nicht böse wegen der Abreibung, die ich ihr verpasst hatte, sie meinte, die Spuren auf ihrem Po seien ein schönes Andenken, wenn auch kein bleibendes.

Wir gingen dann in die Ortschaft und suchten in einer Buchhandlung einen sehr schönen Pferde-Bildband aus, den ich ihr, mit einer Widmung versehen, schenkte. Somit hatte sie ein bleibendes Andenken. Zum Abschied flossen dann ihre Tränen reichlich, sie heulte mir mein Hemd nass und hinterließ darauf interessante Make-up- und Wimperntuschemuster. Das Hemd besitze ich noch, ich habe es nicht gewaschen, es liegt in einer Schublade, mit den Flecken drauf.«

»Wie romantisch«, bemerkte ich. Nach einer Weile wollte ich wissen: »Habt ihr euch wiedergesehen?«

»Nein, aber wir haben uns noch eine Weile geschrieben. Die Briefe mit der Schulmädchenschrift und den kreisförmigen i-

Punkten habe ich ebenfalls aufbewahrt. Sie schickte mir auch eine Vergrößerung ihres Schülerausweisfotos, es ist das, was über der Kommode hängt. Jedem Brief legte sie ein selbst gemaltes Bild bei, meistens irgendein Pferde-Motiv. Sie konnte sehr gut zeichnen.«

»Fandest du sie eigentlich hübsch?«

»Ja, durchaus. Sie ist jetzt zwanzig, zwei Jahre jünger als du, und bestimmt eine attraktive junge Frau.«

»Ganz sicher würde sie dir viel besser gefallen als ich!«, mutmaßte ich.

»Wenn du weiter solchen Unsinn redest, bekommst du nochmal den Rohrstock zu spüren!«, drohte mir mein Freund.

Ich biss mir auf die Lippen, denn danach stand mir nun wirklich nicht der Sinn. Mein Bedarf an Schlägen war für dieses Wochenende gedeckt, ich hätte nicht noch mehr aushalten können. Zudem war mir nur noch nach Kuscheln zumute, nach Zärtlichkeit und Küssen. Und so liebkoste ich gefühlvoll seinen schon wieder stocksteifen Penis und genoss dabei das Crescendo seines lustvollen Stöhnens. Schließlich brachte ich ihn mit dem Mund zum Höhepunkt. Es war überwältigend, es auf diese Art zu erleben, seinen kräftigen Orgasmus, der auch mich lustvoll erzittern ließ, so intensiv zu spüren.

Am Sonntag schliefen wir aus und machten nach dem Frühstück einen langen Spaziergang durch den Hamburger Hafen. Am Nachmittag gab es einen weiteren Film, *die Geschichte der O.* Er lief in einem Programmkino und nur an diesem Tag. Der Streifen war damals schon sechzehn Jahre alt, ich hatte bislang nur das Buch gelesen, das seinerzeit bereits Kultstatus für jeden SM-Fan besaß.

Anschließend gingen wir zurück in die Wohnung meines Freundes, weil ich nicht erneut in ein Restaurant eingeladen werden wollte. Mit den Zutaten, die im Hause waren, bereitete ich dann eine große Portion Spaghetti Carbonara zu.

Nach dem Essen lagen wir wieder nackt und eng umschlungen im Bett – schließlich waren ja bereits fast sechs Stunden vergangen, seit wir es verlassen hatten.

Ich umfasste mit festem Griff seinen steifen Penis und fragte ihn: »Sie gefällt dir, nicht wahr?«

»Wer?«

»Die Schauspielerin. Die in dem Film. Die, die O spielt. Wie heißt sie doch gleich?«

»Corinne Cléry.«

»Sie gefällt dir, nicht wahr?«

»Als Frau ja, als Schauspielerin weniger. Die Rolle der O, sollte eigentlich Charlotte Rampling spielen, aber die hat abgelehnt.«

»Und? Würdest du gerne mit ihr schlafen?«

»Mit wem?«

»Mit der Schauspielerin. Mit Corinne Cléry.«

»Nun ja, sie ist eine Frau, die wohl kein Mann aus dem Bett werfen würde.«

»Du auch nicht?«, setzte ich das Verhör fort und liebkoste dabei seinen Penis. Ich bekam keine Antwort und mutmaßte: »Vielleicht brauchst du so eine Frau, so total fügsam und unterwürfig.«

Sebastian zog meine Hand weg und fragte mich verärgert: »Was soll das?«

Ja, was sollte das? Da war etwas in mir, das ich auch schon am Samstag empfunden hatte, als ich die Geschichte von seiner Affäre mit Denise erzählt bekam. Ein nagendes, dummes Gefühl: Eifersucht! Jede Sucht hat ja etwas Zwanghaftes, das gilt auch für die Eifersucht, deshalb trifft diese Bezeichnung den Nagel auf den Kopf. Auch jetzt, da ich dies schreibe, schlage ich mich mit dem Problem herum. Leider kann man Eifersucht – gerade dann, wenn sie unbegründet ist – nicht per Knopfdruck abstellen. Wenn sie mich überfällt, kann ich mich nur selber energisch zur Ordnung rufen.

»Bitte entschuldige«, sagte ich, »ich kann mich manchmal selbst nicht ausstehen. Meinetwegen kannst du ein Strafbuch anschaffen, wie wir es im Internat hatten. Wenn ich Blödsinn rede, gibt es einen Eintrag, und am Wochenende wird dann mit dem Rohrstock abgerechnet. Das gilt natürlich auch für dich.« Diese Idee haben wir später tatsächlich aufgegriffen, darüber berichte ich im nächsten Kapitel.

Die Eifersucht verflog und der Haussegen war zunächst wieder gerade gerückt. Mein Freund kam noch einmal auf den Film zu sprechen: »Übrigens ist diese O im Grunde ihres Wesens keineswegs unterwürfig. Sie erlebt Schmerz – vor allem aber Lust, und alles geschieht, weil sie es so will. Vielleicht erinnerst du dich an die Sequenz in Roissy, wo es heißt: *O fragte sich, warum sie trotz aller Qual so viel Süße empfand, oder warum die Qual für sie so süß war.* Und auch der despotische Sir Stephen, dem sie ja zuerst widerwillig, dann aber mit so hündischer Ergebenheit gehorcht, befriedigt letztlich nur ihr Verlangen nach masochistischer Ekstase. Er bringt es genau auf den Punkt, wenn er zu ihr sagt: *Sie sind ein lüsternes Mädchen!*

Unser erstes gemeinsames Wochenende ging zu Ende, und am nächsten Morgen hieß es wieder früh aufstehen. Es war ein Wochenende, wie wir es auf solche Art später noch oft zelebrierten. Von Freitagmittag bis Sonntagabend nichts tun außer schlafen, essen, uns lieben, diskutieren, streiten, Wein trinken, spazieren gehen, Musik hören, fernsehen und anderes mehr. Es war egal, was wir taten, Hauptsache, wir waren zusammen. Es ist bis heute so geblieben, darüber bin ich sehr glücklich!

Mein Freund brachte mich dann mit dem Auto heim. Vor dem Haus angekommen, saßen wir noch eine halbe Stunde im Wagen, bis wir es endlich schafften, uns voneinander loszureißen. Vor dem Einschlafen grübelte ich noch, ob es mir am Morgen wohl gelingen würde, die Knutschflecke auf meinem Hals so mit Make-up zu überdecken, dass sie nicht mehr zu sehen waren.

Schon am nächsten Tag lud ich Sebastian zu mir nach Hause zum Abendessen ein. Bei mir war sturmfreie Bude, weil meine Eltern sich bei Verwandten aufhielten. Es gab Paella, die ich nach Rezept zubereitet hatte, dazu einen feurigen Rotwein, ich wusste ja, wie sehr Sebastian die spanische Küche liebte.

Das weitere Programm sah vor, dass wir ein Rollenspiel inszenieren wollten, *strenger Lehrer und faule Privatschülerin*. In freudiger Erregung wartete ich auf den Abend. Ich steigerte mich zeitweise so sehr in die Rolle der ungezogenen Schülerin hinein, dass ich nicht mehr zwischen Phantasie und Wirklichkeit unterscheiden konnte. In immer kürzeren Abständen überfiel mich dieses sanfte, aber äußerst intensive Beben in meinem Becken, begleitet von der reflexartigen Anspannung meiner Gesäßmuskulatur. Mein Atem ging dann stoßweise und keuchend, zugleich ließen Hitzewallungen mein Gesicht erglühen.

Als mein Freund dann endlich eintraf, bemerkte er sofort, wie aufgeregt ich war. Wir küssten uns lange – dann gab er mich frei und sagte in resolutem Tonfall: »Du weißt ja, meine liebe Vanessa, was dir heute noch blüht! Und dass ab sofort Schluss ist mit deiner Trägheit, deiner Gleichgültigkeit und dem unerträglichen Schlendrian. Für deine fadenscheinigen Entschuldigungen und faulen Ausreden bekommst du die verdiente Strafe. Ich werde jetzt andere Saiten mit dir aufziehen, mein Mädchen! Unter der Reitpeitsche wirst du lernen, was ich von dir, meiner privilegierten Privatschülerin, erwarte!«

Seine Worte ließen mich wollüstig aufstöhnen.

Nach dem Essen reichte ich Sebastian ein Blatt mit Versen, die ich am Nachmittag, als mein Gefühlsaufruhr wieder einmal besonders stark war, fabriziert hatte:

Gelöbnis einer erziehungsbedürftigen Schülerin

Heut' und morgen, hier und dort:
Ich gehorche Dir aufs Wort.
Forme mich nach Deinem Willen;
treib' mir aus dem Kopf die Grillen!

Leben unter strenger Zucht –
ist es Fieber – ist es Sucht?
Selber kann ich's kaum begreifen:
Ich hab's gern, das Rohrstockpfeifen!

Straf mich hart, wie ich's verdiene
mitleidlos – mit strenger Miene!
Lustvoll zitt'r' ich, sagst Du barsch:
»Auszieh'n! Bücken! Raus den Arsch!«

Meinen Po – das macht Dich an –
biet' ich dar Dir wie ich's kann.
Süße Qualen, sollst Du wissen,
möcht' ich künftig nicht mehr missen!

Als Sebastian zu Ende gelesen hatte, erklärte ich ihm: »Es ist nichts Besonderes, ich kann zwar ganz gut schreiben, aber leider keine Gedichte. Ich hoffe, du findest keine Fehler darin, mit denen ich mir womöglich jetzt noch eine Strafverschärfung eingehandelt habe.«

Im Ton des strengen Pädagogen antwortete er: »Dein Problem ist nicht, dass du Fehler machst, sondern dass du faul bist! Was bei deiner Begabung besonders schlimm ist! Das Gedicht ändert nichts an deiner Bestrafung. Aber weil es mir gut gefällt – es ist übrigens kein einziger Fehler darin – bekommst du dafür einen Kuss!«

Er zog mich auf seinen Schoß, küsste mich zärtlich und tätschelte meinen Po. Dann wurde es ernst, wir gingen auf mein Zimmer, um unser geplantes Spiel zu beginnen. Sebastian hielt mir noch einmal meine Verfehlungen vor und verhängte darauf das Strafmaß, fünfundzwanzig auf den nackten Hintern – mit meiner eigenen Reitpeitsche! Nachdem ich mich hastig entkleidet hatte, beugte ich mich über die Lehne meines Sessels, nahm die mir ach so vertraute Stellung ein und brachte mein Hinterteil in die vorgeschriebene Position. Und wieder entrang sich meiner Brust ein langer Seufzer der Vorfreude.

Sebastian verabreichte mir zunächst kräftige Handklatscher, knetete meine Pobacken, streichelte sie gefühlvoll, um sie gleich darauf wieder tüchtig zu kneifen. Dieses Vorspiel genießen wir immer wieder in der Art einer unbewussten Übereinkunft. Ich spüre dabei, wie sehr er meinen wohlgeformten Hintern liebt. Und ich liebe seine schönen Hände, die nicht nur auf der Gitarre Aufregendes bewirken können.

Endlich aber ergriff er die Peitsche, die dann mit Pfeifen und Klatschen wieder und wieder auf meinem noch vom Rohrstock gezeichneten Hinterteil landete. Schmerz, Ekstase und innerer Jubel – das Karussell meiner Emotionen ließ mich nach jedem Hieb strampeln und schrill aufkreischen. Endlich ging in Erfüllung, was ich mir seit langer Zeit immer wieder so sehr gewünscht hatte, dass meine hübsche Reitpeitsche auf meinem blanken Po tanzen sollte.

Als die Strafe vollzogen war, zog Sebastian mich wieder an den Haaren hoch – wie auch schon am Freitagabend nach der Rohrstockzüchtigung. Ich stand dann schwer atmend vor ihm, rieb mit beiden Händen meinen glühenden, verschwielten Hintern und bat demütig um Verzeihung. Schluchzend gestand ich meine Verfehlungen ein und gelobte Besserung. Als Sebastian mich dann umarmte und erklärte, dass mir vergeben sei, brach ich in heftiges Weinen aus – die Erinnerung an die häuslichen Züchtigungen während meiner Schulmädchenzeit hatte mich überwältigt. Aber meine Tränen waren nicht mehr die einer zerknirschten Sünderin – die spielte ich ja nur – es waren jetzt die Glückstränen einer eingefleischten Flagellantin – körperlich und seelisch aufgewühlt durch das, was sich abgespielt hatte. Sebastian tröstete mich mit sanften Worten und liebkoste mich zärtlich. Erschöpft sanken wir dann auf mein Bett, unsere aufgestaute sexuelle Erregung entlud sich in einem heftigen Liebesakt, und wieder schlief ich entspannt und glücklich in Sebastians Armen ein.

Nach Beendigung meiner Ausbildung heirateten wir und zogen in eine schöne Wohnung mit separatem Übungs- und Arbeitsraum für meinen Mann – steuerlich absetzbar. Unser Leben ist stressig und arbeitsreich, wir streiten uns oft, weil ich nach wie vor launisch und vor allem krankhaft eifersüchtig bin, und Sebastian ist manchmal sehr verschlossen und schwierig. Dennoch haben wir unseren Entschluss zur Ehe noch nie bereut.

Strafe muss sein!

Anfänglich besaßen wir als Utensilien für unsere Flag-Spiele nur meine Reitpeitsche und den schon beschriebenen Staubwedel. Ferner benutzten wir einen Kochlöffel und den Stiel einer Badebürste. Im Laufe der Zeit erweiterten wir unser Arsenal um Rohrstöcke in verschiedenen Längen und Stärken, einen schottischen Lederriemen und eine Karbatsche. Überdies besitzen wir Hand- und Fußschellen und zudem lederne Halsbänder und Manschetten.

Eine Karbatsche ist ein wahres Folterinstrument, es ist die gefürchtete Peitsche, die schon im Mittelalter bei den Hexenverhören eingesetzt wurde. Ein schwerer, geflochtener Lederzopf hängt an einem 50 cm langen und 3,5 cm starken Ebenholzgriff. Mein Mann hat dieses schreckliche Ding nach historischer Vorlage extra anfertigen lassen.

Kurze Zeit nach unserer Heirat hatten wir einen schriftlichen Vertrag miteinander geschlossen, eine Art Eheordnung, sie beinhaltet Strafen für Verfehlungen, aber auch Belohnungen für Wohlverhalten. Wir formulierten zehn Paragraphen, ähnlich wie die biblischen Zehn Gebote. Jeder dieser Paragraphen lässt sich auf einen Begriff zurückführen; diese Begriffe bezeichneten wir als Schlüsselwörter für das gemeinsame Glück, etwa Respekt, Ehrlichkeit, Loyalität und noch andere. Nach Festlegung dieser Richtlinien klebte ich ein Schild mit der Aufschrift *Lob und Tadel* auf ein dickes Tagebuch. Anders als im Klosterinternat, wo in einem solchen Buch nur Fehlverhalten notiert wurde, wollten wir auch Positives darin eintragen. Als Reiterin weiß ich, dass man alleine mit Strafen niemals ein Pferd gut dressieren kann, und dass Belohnungen viel effektiver sind. Die Peitsche sollte lediglich als Orientierungshilfe fungieren – je nach Charakter des Pferdes allerdings als mehr oder weniger wichtige. Ich bin fest davon überzeugt, dass sich dieses Prinzip auch auf Menschen übertragen lässt – vielleicht nicht auf alle – ganz sicher aber auf mich.

Im Laufe unserer Ehe gab es dann eine Reihe von Anlässen für Strafen und Belohnungen. Allerdings mussten wir lernen, dass unsere Zehn Gebote in der Theorie viel leichter zu befolgen sind als in der Praxis. Besonders schwer finde ich es, immer absolut ehrlich zu sein. Deshalb erinnere ich mich noch gut an meinen ersten *Sündenfall*. Einer unserer Stationsärzte fragte mich eines Tages, ob ich Lust hätte, ein paar Modefotos von mir anfertigen zu lassen. Als Hobbyfotograf wollte er die Aufnahmen selber machen, die Kleidungs- und Wäschestücke hatte er ausgeliehen und auch gekauft – sie waren auf meine Größe abgestimmt – schon deshalb hätte ich eigentlich stutzig werden müssen, doch ich sagte unbekümmert zu. Der Arzt lud mich zwecks Klärung der Details zunächst zum Essen in ein Feinschmeckerlokal ein. Ich nahm die Einladung an, meinem Mann sagte ich jedoch, dass ich mit einer Freundin ins Kino wollte.

Das Essen war wirklich gut. Es gab mehrere Vorspeisen, Hirschragout mit Pfifferlingen und Preiselbeeren und zum Nachtisch Eis mit heißen Schattenmorellen. Gutes Essen gehört für mich zu den schönsten Dingen im Leben, mit einer entsprechenden Einladung kann man sich bei mir sehr beliebt machen.

Als der Arzt mich dann zu sich nach Hause bat und ich mich nackt ausziehen sollte, weil er zunächst ein paar Aktaufnahmen von mir machen wollte, begriff ich endlich, worauf er aus war.

Entrüstet verließ ich sofort seine Wohnung und musste dann acht Kilometer zu Fuß nach Hause laufen – zu allem Überfluss regnete es auch noch. »Geschieht dir recht, blöde Gans!«, sagte ich laut zu mir, »Strafe muss sein!«

Am nächsten Tag erzählte ich die Geschichte dummerweise meiner Freundin, die war Privatschülerin meines Mannes und verplapperte sich prompt, als er sie nach dem Kinobesuch fragte und somit wusste Sebastian, dass ich nicht im Kino war. Am Abend stellte er mich zur Rede, und weil ich mich nicht in weitere Lügen verstricken wollte, erzählte ich, was tatsächlich abgelaufen war. Mein Mann sagte: »Ich finde es gar nicht schlimm, dass du die Einladung des Arztes angenommen hast, aber ich bin tief enttäuscht darüber, dass du mich so schamlos angelogen hast!«

Da hatte ich es! Natürlich wusste ich, dass Sebastian kaum etwas mehr verabscheut als Unehrlichkeit. Als ich zum ersten Mal von ihm den Hintern versohlt bekam, war es ja deswegen, weil ich meine Eltern beschwindeln wollte. Nun hatte ich das Gefühl, dass unsere Ehe einen Knacks bekommen hatte und ich war seelisch am Boden zerstört.

Die nächsten Tage waren schier zum Verzweifeln, mein Mann sprach nicht mit mir und schlief in seinem Arbeitszimmer. Ich fühlte mich völlig von ihm abgeschnitten, dabei brauche ich seine Nähe und Zuwendung »wie der Hirsch das Wasser«, so heißt es in einem Psalm der Bibel.

An einem Morgen, nach einem erneuten schweigsamen Frühstück, hielt ich es nicht mehr aus. Ich begann zu weinen und stieß unter heftigem Schluchzen hervor: »Bitte, Sebastian – ich kann nicht mehr! Ich wollte dich mit den Fotos überraschen, deshalb habe ich dir nichts von meiner Verabredung mit dem Arzt erzählt! Bitte sprich wieder mit mir, bitte! Bestraf mich – züchtige mich – aber bitte, bitte sprich wieder mit mir!«

Ich spürte, dass auch mein Mann am Ende seiner Kraft war, lange hätte auch er dieses Spiel nicht mehr durchgehalten. Nach einer Pause sagte er zu mir: »Heute Abend um acht kommst du in mein Arbeitszimmer!« Ohne ein weiteres Wort verließ er dann die Wohnung.

Endlich! Endlich war es heraus! Natürlich wusste ich, was mir blühte, eine saftige Tracht – und zwar mit der Karbatsche! Diese schwarze Peitsche gehört nicht zu unserem Flag-Spielzeug, sie ist für ernsthafte Züchtigungen vorgesehen.

Da ich den Tag frei hatte, lief ich unruhig in der Wohnung hin und her und konnte vor Nervosität keinen klaren Gedanken fassen. Immer wieder ging ich in das Arbeitszimmer meines Mannes, wo die Karbatsche an einem Messinghaken an der Wand hing, und schließlich nahm ich das Ding in die Hand. Die Peitsche war schwer und roch streng nach Öl und Leder. Ich schlug einige Male damit in die Luft, um die Angst vor diesem Marterwerkzeug loszuwerden, doch ich stellte mich so ungeschickt an, dass ich mich fast selbst getroffen hätte. Ich wusste, dass mir am Abend eine Lektion bevorstand, wie ich sie noch nie zuvor erteilt bekommen hatte. Tief aufseufzend hängte ich die Peitsche wieder an den Haken und verließ das Zimmer. Im Schlafzimmer legte ich mich aufs Bett und brachte es tatsächlich fertig, ein wenig zu schlafen.

Ich erwachte, als ich meinen Mann nach Hause kommen hörte – er ging sofort in sein Arbeitszimmer. Um halb acht ging ich unter die Dusche, und pünktlich um acht stand ich vor der Tür zu Sebastians Arbeitsraum. Ich hatte Angst und spürte den Impuls, aus der Wohnung zu fliehen. Doch eine Stimme in mir ermutigte mich: »Komm, Mädchen, du wirst gleich die Dresche deines Lebens beziehen und eine Weile nicht gut sitzen können, aber du hast es so gewollt und du hast es auch verdient!« Ich vertraute auf die Belastbarkeit meines Hinterns, schließlich wusste ich, dass ich seit vielen Jahren zu den Menschen gehöre, die – um mit Wilhelm Busch zu sprechen – *mal fünfundzwanzig nach altem Brauch* ganz gut wegstecken können.

Ich seufzte tief, klopfte an und betrat das Zimmer.

»Da bin ich«, sagte ich – mir fiel nichts anderes ein.

Mein Mann sah mich schweigend an, während ich mit gesenktem Blick dastand.

»Fünfzig über den nackten Arsch – damit!«, sagte er schließlich und deutete auf die Peitsche, die am Haken an der Wand hing.

»Nein!«, schrie ich verzweifelt, »das ist nicht dein Ernst! Nicht fünfzig und nicht mit diesem Ding!«

Sebastian gab keine Antwort und ich sah ein, dass jede weitere Diskussion zwecklos war. Unaufgefordert zog ich meinen Bademantel aus – ich hatte nichts darunter an – und stand nun splitternackt da. Als Nächstes musste ich mich über den Schreibtisch legen, so dass meine Leistenbeuge auf der vorderen Tischkante zu ruhen kam. Mein Mann schob ein Kissen unter meinen Kopf und eine eng zusammengefaltete Wolldecke unter mein Becken, um meinen Hintern höher zu lagern.

»Soll ich dich festbinden?«, fragte mich mein Mann.

»Nein!«, sagte ich trotzig. Ich umklammerte die hintere Tischkante mit beiden Händen und vergrub meine Zähne in dem

Kissen. Zur Einstimmung verabreichte Sebastian meinem Po ein paar Klatscher mit der flachen Hand – was ich ja normalerweise sehr liebe – doch angesichts dessen, was mir bevorstand, konnte ich nichts Schönes dabei empfinden.

Mein Mann ergriff die Peitsche, und in Erwartung der schweren Strafe, deren Vollzug nun anstand, entrang sich meiner Brust ein verzweifeltes Aufstöhnen. Natürlich wusste ich, dass Sebastian mir keinen ernstlichen Schaden zufügen würde, doch diese Gewissheit vermochte mich keineswegs zu beruhigen.

Nach dem ersten Hieb glaubte ich, am Leben verzweifeln zu müssen. Die Peitsche zog fürchterlich, ein gellender Schrei entfuhr mir, bevor ich nach Luft schnappen konnte, sauste der nächste Schlag herunter und so ging es munter weiter, so dass ich mit dem Schreien kaum nachkam.

»Hör auf, das halte ich nicht durch!«, wollte ich rufen, doch ich widerstand dieser Versuchung, auch der, meine Hinterbacken mit beiden Händen zu reiben. Bei einer echten Züchtigung sind die ersten Schläge immer die schlimmsten, weil es kein Vorwärmen und langsames Steigern gibt.

Jeweils nach fünf Hieben machte mein Mann eine Pause und wechselte die Position, er schlug abwechselnd von links und rechts.

Als die Hälfte der Hiebe erteilt war, unterbrach Sebastian die Strafaktion und legte die Peitsche über meine Taille. Das war nun allerdings ein ekliges Gefühl, wie dieses widerliche Ding, das mich so gequält hatte, sich um meinen Körper schmiegte und mich förmlich liebkoste. Mein Mann massierte meine total verkrampften Nackenmuskeln, drehte dann meinen Kopf zur Seite – und gab mir einen Kuss! Das verlieh mir Kraft und Mut, den Rest der Strafe durchzustehen. Ein starkes Glücksgefühl ergriff mich, ich wusste, dass die Seelenqual der letzten Tage gleich zu Ende sein würde und die Versöhnung mit meinem Mann bevorstand.

Aber noch war es nicht vorbei. Erneut bekam ich ein paar Klatscher mit der flachen Hand, dann zog mein Mann langsam die Peitsche von meiner Taille, ich vergrub meine Zähne wieder in dem Kissen und meine Pobacken verspannten sich in Erwartung der nächsten Schläge. Schon beim Ausholen erzeugte die Karbatsche ein beängstigendes Surren, und das beim Niedersausen ertönende Heulen und anschließende dumpfe Aufklatschen wirkte erst recht demoralisierend. Im Vergleich dazu klang das helle Pfeifen meiner Mädchenreitpeitsche direkt fröhlich.

Die letzten Hiebe waren nicht mehr so schlimm, weil mein Hintern glutheiß und durch die Schwellungen fast unempfindlich war. Meine Schreie erfolgten nur noch reflexartig, sie drückten bereits meine Freude darüber aus, dass ich die Züchtigung durchgestanden hatte.

Als die fünfzig Schläge aufgezählt waren, hängte Sebastian die Peitsche an den Haken und verließ wortlos das Zimmer. Wie gelähmt verharrte ich in meiner Strafstellung, ich fühlte mich ganz taub und leer und war noch nicht einmal fähig, meinen Hintern anzufassen.

Endlich rappelte ich mich hoch, nahm das Kissen, auf dem die Abdrücke meiner Zähne deutlich zu sehen waren, und kuschelte mich in das Bett meines Mannes, in dem er drei Nächte alleine geschlafen hatte.

Nach einer guten Stunde kam Sebastian zurück, setzte sich auf die Bettkante, nahm mich in seine Arme und sagte leise: »Vanessa, mein Alles, ich bitte dich, verzeih mir!«

Ich schmiegte mich eng an ihn und flüsterte: »Ich habe es ausgehalten, verstehst du das? Ich habe es ertragen!«

»Ja, Liebes, das hast du!«, antwortete er und strich mir sanft übers Haar, was bewirkte, dass ich in Tränen ausbrach.

»Ist jetzt alles wieder gut?«, fragte ich, von Schluchzen geschüttelt.

»Ja«, sagte er und küsste die Tränen von meinem Gesicht. Nun fühlte ich – außer der furchtbaren Hitze in meinem Gesäß – eine unbeschreibliche Seligkeit. Nach einer Ewigkeit verebbte mein konvulsivisches Schluchzen, und dann, krank vor Sehnsucht und sexuell ausgehungert, wie wir waren, liebten wir uns wild und leidenschaftlich wie schon lange nicht mehr.

Anderntags betrachte ich meinen Hintern im Spiegel. So verstriemt und verquollen hatte ich ihn noch nie gesehen! Wütend schrie ich meinen (nicht anwesenden) Mann an: »Wie kannst du nur meinen schönen Arsch so zurichten!« Doch musste ich auch zugeben, dass er die Züchtigung sehr gekonnt vollzogen hatte. Die Schläge waren genau platziert und die Striemen lagen dicht nebeneinander.

Etwa sechs Tage konnte ich nicht schmerzfrei sitzen und mein Po erinnerte mich eindrucksvoll an meine dumme Lügerei, aber auch daran, dass zwischen Sebastian und mir wieder alles im Reinen war.

Wie ich ja schon erwähnte, sieht unser Ehevertrag Strafen für uns beide vor. Allerdings könnte ich meinem Mann nicht den Hintern versohlen – ich käme mir albern vor. Aber es gibt andere Strafen, er bekommt für eine bestimmte Zeit sein Lieblingsessen nicht oder die Erfüllung gewisser sexueller Vorlieben wird ausgesetzt. Damit schneide ich mir zwar ins eigene Fleisch, aber mir ist bis jetzt noch nichts Besseres eingefallen.

Wie auch immer, ich hoffe, dass wir auch in Zukunft unsere Ehekrisen meistern werden.

Die diebische Magd

Eines Tages fragte mich Sebastian, ob ich nicht Lust hätte, einmal flagellantische Rollenspiele zu viert auszuprobieren. Nach anfänglicher Skepsis siegte meine Neugier und ich willigte ein. In einem SM-Magazin hatte er eine entsprechende Anzeige gefunden. Der Text lautete sinngemäß so, dass ein Paar – etwa in unserem Alter – ein gleichgesinntes suchte, um gemeinsam Phantasien auszuleben und Spiele zu gestalten. Mein Mann schrieb einen kurzen Brief, und nach etwa einer Woche bekamen wir Antwort von Andreas und Nicole. Bei den nachfolgenden telefonischen Vorgesprächen machten die beiden einen netten und seriösen Eindruck auf uns, und schließlich vereinbarten wir ein Treffen für den folgenden Freitagabend bei uns zu Hause.

Bereits eine Stunde vor dem vereinbarten Termin saßen Sebastian und ich auf dem Sofa unserer Ledersitzgruppe, ich hatte eine Flasche Sherry und Schinken- und Käsebrötchen bereitgestellt. Wir mutmaßten, wie der Abend wohl verlaufen würde. Ich war nervös und gereizt, keinesfalls war ich dazu bereit, mich auf eine wilde Gruppensex-Orgie einzulassen. Dazu hätte mir erst jemand die Hemmungen wegzaubern müssen, die ich von meiner katholisch-konservativen Erziehung mitbekommen habe.

»Eins gleich mal vorneweg«, erklärte ich meinem Mann, »ich werde mich vor diesen Leuten nicht ausziehen, dass du's nur weißt!«

»Komm, Liebchen«, beruhigte er mich, »jetzt trink mal einen Sherry, und dann lassen wir die Dinge ganz entspannt auf uns zukommen.«

»Ich sehe auch furchtbar aus«, nörgelte ich weiter, nachdem ich den Sherry intus hatte, »und ich habe auch zwei Kilo zugenommen und du hast das bemerkt, du traust dich bloß nicht, es mir zu sagen! Und mein Hintern gefällt dir auch nicht mehr – gib doch zu, dass du ihn zu dick findest, du Feigling!«

»Das reicht jetzt, Vanessa!«, wies Sebastian mich zurecht, »hör auf, einen derartigen Unsinn zu reden!«

Ich erschrak, denn ich hörte an seinem Tonfall, dass er ernstlich böse war.

»Also denkst du das nicht?«, fuhr ich fort, ihn zu nerven.

»Nein, zum Donnerwetter!! Manchmal, wenn ich nervös bin, stelle ich mir sogar deinen Körper vor.«

»Das glaube ich dir nicht!«

»Es stimmt aber!«

»Warum denn, wenn du nervös bist?«

»Weil ein schöner Frauenkörper auch beruhigend auf einen Mann wirken kann. Schau dir einmal berühmte Aktgemälde an, zum Beispiel die von Modigliani, sie strahlen eine majestätische Ruhe aus.«

»Und du findest meinen Körper schön?«, bohrte ich weiter.

»Ja, verdammt noch mal!«

»Ich glaube dir das nicht!«

»Sei endlich still!«, schimpfte mein Mann.

»Ach du Dummkopf«, beschwichtigte ich ihn, »weißt du denn nicht, dass wir Frauen so etwas gar nicht oft genug hören können? Komm, sei nicht sauer! Frauen reden nun einmal eine Menge Unsinn, genau wie Männer.«

Nach einer Pause sagte Sebastian: »Soll ich dir erzählen, durch welches Erlebnis mir das einmal ganz klar geworden ist?«

»Was?«

»Dass ein Frauenkörper beruhigend wirken kann.«

»Oh ja, bitte erzähl mir das!«

»Ich hatte einmal einen Auftritt in einem spanischen Club. Ich musste eine Tänzerin auf der Flamencogitarre begleiten und auch einige Solos spielen. Die Tänzerin war sehr jung – vielleicht siebzehn oder achtzehn Jahre alt. Ich war nervös, unkonzentriert und müde, meine Hände waren feucht und zittrig, zudem hatte ich die Nacht zuvor wenig und schlecht geschlafen. Als ich mich vor dem Auftritt in der Garderobe einspielte, kam das Mädchen herein, um sich umzuziehen. Ohne jede Hemmung legte sie ihre Alltagskleidung ab, und bevor sie ihr Tanzkostüm anzog, drehte sie sich – nur mit einem String-Tanga bekleidet – vor dem Spiegel hin und her, probierte Tanzposen, bewegte sich anmutig im Rhythmus meines Gitarrenspiels und bot mir unbekümmert mal ihren strammen Po und mal ihre Jungmädchenbrüste dar. In Spanien ist es üblich, dass Flamencokünstler – Frauen und Männer – sich im selben Raum umziehen, man gewöhnt sich daran und schaut schließlich gar nicht mehr hin. Doch ich konnte meine Augen nicht von dem Mädchen losreißen. Man bezeichnet ja etwas als Augenweide, wenn man seinen Blick gerne darauf verweilen lässt und genau so war es. Meine Augen ruhten sich förmlich aus auf dem schönen Körper dieser jungen und herrlich unbefangenen Tänzerin. Da spürte ich, wie meine Nervosität von mir wich, mein Atem wurde tief und ruhig und mein Denken ganz klar. Der Anblick des nackten Mädchens, das sich seiner Wirkung auf mich überhaupt nicht bewusst war, gab mir mein gesundes Selbstgefühl zurück, weil ich geistig und auch physisch zum Wesen der Dinge, zur Basis des Seins zurückkehren konnte. Der Auftritt verlief dann wunderbar und erwies sich als schöne und wertvolle Erfahrung für das Mädchen und auch für mich. Und ich hatte begriffen, dass es zum Rätselhaften und Geheimnisvollen einer Frau gehört, dass ihre Schönheit nicht nur erregend, sondern auch beruhigend auf einen Mann wirken kann.«

»Wie schön du das gesagt hast!«, rief ich aus, »die Geschichte gefällt mir! Sag mir nur, war das bevor oder nachdem wir uns kennengelernt hatten?«

In diesem Moment klingelte es, und ich musste zur Tür, um unseren Besuch hereinzulassen – deshalb bekam ich zunächst keine Antwort auf meine Frage. Nicole und Andreas begrüßten uns freundlich, sie waren sichtlich genauso nervös und unsicher wie wir. Andreas hielt eine Flasche Wein, *Kröver Nacktarsch und* Nicole einen Blumenstrauß in der Hand, beides wurde uns als Geschenke überreicht. Die Flasche Wein sollte später in unserem Spiel eine wichtige Rolle als Requisit spielen, die Weinsorte *Kröver Nacktarsch* war natürlich auch kein Zufall. Wir nahmen um unseren Glastisch herum Platz, Nicole setzte sich aufs Zweiersofa und Andreas in den Sessel. Nachdem ich den Wein in den Kühlschrank und die Blumen ins Wasser gestellt hatte, setzte ich mich neben meinen Mann und wir stießen zunächst mit Sherry auf gutes Gelingen des Abends an.

Andreas und Nicole waren beide Anfang dreißig. Wir wussten bereits, dass Nicole als Erzieherin in einem Kindergarten tätig war und Andreas als Tontechniker arbeitete. Nicole machte auf mich einen ziemlich burschikosen Eindruck, sie hatte eine modische Kurzhaarfrisur und zu ihrem Körper fiel mir die wohlwollende Bezeichnung *Rubensfigur* ein. Andreas war schlank, wirkte deutlich jünger und ziemlich schüchtern, sein Körper war durchtrainiert, muskulös und sehr gut proportioniert, er bildete einen gewissen Kontrast zu seinem mädchenhaften Gesicht.

Nicole forderte Andreas mit einer herrischen Handbewegung auf, neben ihr, Platz zu nehmen und er befolgte diese Anweisung augenblicklich. Schon das ließ erkennen, wer bei den beiden die Hosen anhatte. Im Laufe des folgenden Gesprächs zeigte sich dann noch deutlicher, wie stark Andreas von Nicole dominiert wurde und wie sehr sie gewohnt war, das Wort zu führen. Aus den Vorgesprächen wussten wir auch, dass Nicole bisexuell und zudem ambivalent veranlagt ist, sie kann sich sowohl dominant als auch devot verhalten. Sie führten eine reine SM-Beziehung in der Spielart *Herrin und Sklave*. Nicole vermochte nur in der aktiven Rolle mit einem Mann auf der SM-Schiene zu verkehren. Einen Höhepunkt konnte sie nur erleben, wenn sie es von ihm mit der Zunge besorgt bekam. Normaler Geschlechtsverkehr war nicht möglich, und eine Liebesbeziehung konnte sie nur mit einer dominant veranlagten Frau haben.

»Wie kompliziert doch die Menschen sind!«, dachte ich bei mir.

Nicole biss in ein Schinkenbrötchen und erklärte uns: »Wir sind erst seit drei Monaten zusammen, wir haben uns im Internet kennengelernt und zuerst nur per Chat miteinander verkehrt. So erfuhr ich von Andreas' Träumen. Zu seinen sehnlichsten Wünschen gehört es, von einer Frau bestraft, genauer gesagt, gezüchtigt zu werden. Vorgestern war es dann zum ersten Mal so weit, ich habe ihm gründlich den nackten Hintern versohlt.«

»Mit der Hand?«, wollte ich wissen.

»Zuerst mit der Hand und dann mit dem Kochlöffel – allerdings auf die softe Tour.«

Andreas war bei Nicoles Worten knallrot geworden, und sein Atem ging schwer. Nicole bemerkte es und befahl im: »Du ziehst dich jetzt einmal ganz aus und zeigst dich uns so, wie der liebe Gott dich geschaffen hat!«

Er gehorchte anstandslos und stand dann splitternackt vor uns. Seine exhibitionistische Veranlagung war unschwer zu erkennen.

»Und jetzt kniest du dich in den Sessel und präsentierst deinen hübschen Prügelarsch!«

Wieder gehorchte Andreas und zeigte uns einen klassisch schönen Po, der über und über mit roten Flecken bedeckt war, die eine kreisrunde Aussparung in der Mitte hatten, es waren die Spuren der Kochlöffelhiebe. Doch dies schmälerte keineswegs die Attraktivität seines Hinterns, der einem Adonis zur Ehre gereicht hätte. Mein Mann sagt immer: *Eine richtige Frau muss einen richtigen Arsch haben!* Dazu bemerke ich dann, dass das auch für einen Mann gilt. Ein strammer Männerhintern symbolisiert für mich – abgesehen vom ästhetischen und sexuellen Reiz – Standfestigkeit, Kraft und Durchsetzungsvermögen.

Nicole erhob sich, stellte sich hinter Andreas und kniff ein paarmal in seine Pobacken, so dass die Striemen kurz verschwanden und dann wieder erschienen. Das erregte ihn so, dass sein Glied steif wurde, wie ich durch seine geöffneten Schenkel beobachten konnte. Nicole sagte zu uns: »Wie ihr bestimmt wisst, steckt ein Hinterteil, das an Dresche gewöhnt ist, eine zünftige Tracht wesentlich besser weg als ein untrainiertes. Wenn jemand seit Jahren regelmäßig Senge bezieht, zeigen sich auf seiner Erziehungsfläche nur noch nach sehr intensiven Schlägen ausgeprägte Spuren. Ein richtig hiebegeiler Arsch hat es buchstäblich gelernt, strenge Züchtigungen zu verkraften. Insofern steht der Hintern von Andreas noch am Anfang seiner Karriere.«

Zur Bekräftigung ihrer Rede verpasste Nicole ihm eine Serie von Handklatschern, bis die Kochlöffelmale in einer gleichmäßigen Rötung verschwanden. Dann durfte Andreas sich wieder anziehen und neben Nicole Platz nehmen, seine kräftige Erektion zeichnete sich noch eine geraume Weile durch seine Hose ab.

Die Begriffe *hiebegeil* und *Prügelarsch* hörte ich damals zum ersten Mal, heute weiß ich, dass sie zum Standardvokabular der Flagellanten gehören. Mit *Prügelarsch* bezeichnet man einen auffallend wohlgeformten und strammen Hintern, der nach Schlägen verlangt. Bei Frauen ist es typischerweise der *dicke Blanke*, der zum Versohlen geradezu auffordert.

Meinem Mann und mir war klar, dass Nicole ihre passive Neigung in ihrer Beziehung überhaupt nicht ausleben konnte. Nicht von ungefähr war es ihre Idee gewesen, die Anzeige in dem SM-Magazin zu schalten. Deshalb hatten wir einvernehmlich beschlossen, dass sie im Mittelpunkt unserer geplanten Aktion stehen sollte.

Für unser Spiel, das nun begann, hatten wir schon eine Art Drehbuch vorkonzipiert. Es sah vor, dass Nicole eine Magd war und mein Mann und ich die Herrschaft. Andreas sollte nur zusehen. Als Requisiten benötigten wir den Wein mit dem sinnigen Namen *Kröver Nacktarsch*, eine leere Weinflasche und einen Korkenzieher, als Kostüm nur eine Dienstmädchenschürze.

Unsere Magd hatte heimlich den Wein entkorkt, um einen Teil davon zu stehlen, indem sie ihn in eine leere Flasche umfüllte. Den Rest in der Originalflasche wollte sie mit Wasser auffüllen und dann den Korken wieder hineindrücken. Dabei wurde sie von uns erwischt, und sie versteckte eilig die angebrochene Flasche hinter ihrem Rücken.

»Ja, was ist denn das?«, sagte mein Mann mit köstlicher Strenge, »ich sehe wohl nicht richtig!«

»Bitte, Herr ich … ich wollte …«, stotterte Nicole.

»Was versteckst du denn da? Wirst du wohl die Hand nach vorne nehmen!«

Nicole gehorchte, und zum Vorschein kam die angebrochene Weinflasche. »Ich … ich wollte die Flaschen abstauben … und bei dieser hatte sich Schimmel am Korken gebildet … und da wollte ich …«

»Du wagst es auch noch, mich dreist anzulügen? Meinst du, ich sehe nicht, dass vom Inhalt der Flasche eine Menge fehlt?«

Klatsch, fing sich Nicole eine Ohrfeige, die so heftig war, dass sie zur Seite taumelte und fast zu Boden gestürzt wäre.

Sebastian hatte sich so sehr in seine Rolle hineingesteigert, dass ich ihn ein wenig abbremsen wollte, aber Nicole kam mir zuvor: »Tacet«, sagte sie. Das war unser verabredetes Codewort, es bedeutete, dass das Spiel unterbrochen war. »Bitte keine Ohrfeigen«, bat Nicole, »ich war heute beim Zahnarzt und habe eine Spritze bekommen und meine Backe tut noch weh.«

Mein Mann erwiderte: »Na ja, auf deinem Hintern ist ja auch viel mehr Platz für Ohrfeigen!«

Wir mussten alle lachen, dann sagte mein Mann: »Können wir weitermachen?«

»Alles klar«, antwortete Nicole.

»Ich gehe wohl recht in der Annahme, dass du das nicht zum ersten Mal machst«, fuhr Sebastian – nun wieder als Dienstherr – fort. »Du hast jetzt die Chance, deine Situation zu verbessern, indem du ein ehrliches Geständnis ablegst. Wie oft hast du schon Wein gestohlen?«

»Bestimmt schon zehnmal«, stöhnte Nicole und schlug die Hände vors Gesicht, »ich war sicher, dass Sie es nie bemerken würden, weil Sie eine Flasche mit so teurem Wein ja nur alle Jubeljahre öffnen. Ich brauche manchmal am Abend einen tüchtigen Schluck davon – ich kann dann wunderbar schlafen.«

»Es ist dir ja wohl klar, dass das nicht ohne Folgen für dich bleibt«, sagte Sebastian betont ruhig und freundlich, was das Mulmige und Bedrohliche der Situation nur noch verstärkte.

»Bitte entlassen Sie mich nicht, Herr!«, jammerte Nicole, »ich bekomme keine Stelle mehr mit einem Zeugnis, in dem steht, dass ich gestohlen und gelogen habe«.

»Was du nicht sagst«, versetzte mein Mann, »was hast du dir denn gedacht, wie du für deine Taten büßen sollst?«

»Mit einer Tracht Prügel, Herr«, sagte Nicole kleinlaut.

»Was meinst du, Vanessa«, wandte sich Sebastian an mich, »sollen wir ihr noch eine Chance geben?«

»Ich denke, ja«, antwortete ich, »hau ihr den Arsch voll, dass sie eine Woche nicht sitzen kann, und wenn dann noch das Geringste vorkommt, fliegt sie raus.«

»Du hast es gehört«, sagte mein Mann zu Nicole.

Ihre Antwort bestand in betretenem Schweigen.

»Ausziehen, alles, Tempo!«, befahl Sebastian dann unserer Magd.

Nicole gehorchte und hängte ihre Kleidung ordentlich über einen Stuhl. Ich bemerkte, wie mein Puls und meine Atmung sich beschleunigten – schon wieder meldete sich die Eifersucht, denn es war das erste Mal, dass Sebastian eine nackte Frau in meiner Gegenwart zu sehen bekam.

»Los, gib ihr die Reitpeitsche zu schmecken«, forderte ich Sebastian auf, »ich will Striemen auf ihrem dicken Hintern sehen und ich will sie brüllen hören!«

»So weit sind wir noch nicht«, antwortete er. Alsdann setzte er sich auf einen Stuhl, legte Nicole übers Knie und klatschte ihr mit der flachen Hand kräftig und ausdauernd auf den feisten Po, dass die Backen munter bebten. Wieder durchfuhr mich eine Welle der Eifersucht. Wenn mein Mann schon auf einem nackten Po herumklatschen möchte, dann bitte auf meinem!

»Eine Reitpeitsche ist für edle Pferde«, erklärte Sebastian, »für solch niederes Gesindel gibt es nur eins, Stockprügel!« Dann herrschte er Nicole an: »Jetzt machen wir erst einmal ein bisschen Gymnastik, damit du wach und fit für den Rohrstock wirst.« Mein Mann ergriff den Stock, den ich inzwischen geholt hatte und kommandierte: »In die Hocke! Hände hinter den Kopf!«

Sie gehorchte, wobei es ihr schwerfiel, das Gleichgewicht zu halten. Sebastian hielt den Stock in etwa zwanzig Zentimeter Höhe parallel zum Boden. »Wenn ich hopp sage, springst du aus der Hocke über den Stock! Für jedes Mal, wo du es nicht schaffst, kassierst du drei Hiebe zusätzlich zu den fünfundzwanzig, die du fürs Weinstehlen bekommst. Im Anschluss an deine Bestrafung bedankst du dich für jeden Schlag mit zwei Kniebeugen!«

Natürlich schaffte Nicole es nicht, über den Stock zu hüpfen, sie landete jedes Mal unsanft auf ihrem Hinterteil. Nach zehn vergeblichen Versuchen war sie völlig fertig, sie schnaufte heftig und wir mussten die Übung abbrechen.

Ich griff in den Handlungsablauf ein, indem ich Nicole ausschimpfte: »Was bist du doch für ein nichtsnutziges, ungeschicktes und faules Luder! Los, Fräulein«, fuhr ich fort, denn das Kommandieren machte mir auf einmal Spaß, »hier hinter den Sessel gestellt und ordentlich übergelegt, aber ein bisschen dalli!«

Mit ungläubigem Blick verfolgte Andreas die Szene, ganz sicher hatte er seine Freundin noch nie in einer solch unterwürfigen Situation gesehen.

Immer noch schnaufend legte sich unsere Dienstmagd über die Lehne des Ledersessels. Ich befahl: »Hier vorne an der Kante hältst du dich mit beiden Händen fest, verstanden?«

»Jawohl.«

»Wie heißt das?«

»Jawohl, Herrin.«

»So ist's brav. Wenn du loslässt oder gar hochkommst, geht's von vorne los, das kennst du ja sicher schon, nicht wahr?«

»Jawohl, Herrin.«

Ich verabreichte Nicoles Hintern in rascher Folge ein paar Schläge mit der flachen Hand, bis meine Handfläche brannte, doch als mir klar wurde, dass ich mir selbst mehr weh tat als ihr, hörte ich damit auf. Nicole quittierte diese Vorübung mit wollüstigem Aufstöhnen.

»Na warte, du geiles Stück«, zischte ich böse, »jetzt bekommst du den Stock zu spüren, bis du lachst!«

Sebastian begann die Züchtigung mit gleichmäßigen Schlägen, er schlug schwungvoll, aber nicht brutal.

»Lass dir Zeit«, bat ich ihn, »dieses Biest soll es ganz exemplarisch kriegen – und vor allem richtig spüren!« Das Zählen hatte ich übernommen, es waren fünfundfünfzig Hiebe, die Nicole überstehen musste, dreißig davon waren für die zehnmal verpatzte Turnübung. Ich sah, dass Nicole wirklich schmerzverliebt war, willig und fast genüsslich streckte sie ihren großen Po heraus, der sich regelrecht nach Schlägen zu sehnen schien. Auch hatte ich den Eindruck, dass sie mehr einstecken konnte als ich, und das machte mich wütend.

»Gib mir den Stock!«, sagte ich zu meinem Mann. Er gab ihn mir, ich bog ihn hin und her und ließ ihn einige Male durch die Luft pfeifen. »So, du Miststück, und nun pass einmal auf!«, sagte ich leise. Ich stellte mich seitlich hinter den Sessel und befahl: »Beine breit! Den Arsch raus! Noch weiter raus!«

Nachdem Nicole diese Anweisungen befolgt hatte, stemmte ich den linken Arm in die Hüfte, holte weit aus – und zog durch. »Das – war – ja – wohl – ganz – be – stimmt – schon – sehr – lan – ge – ein – mal – fäl – lig«, hörte ich mich schreien, und bei jeder Silbe zog ich den Rohrstock mit voller Wucht über Nicoles dralles Hinterteil. Sie schrie nach jedem Schlag laut auf, aber immer noch reckte sie ihre Kehrseite herausfordernd in die Luft.

»Na warte, du Schlampe«, schrie ich, und plötzlich ritt mich der Teufel. Ich schlug mit aller Kraft immer wieder zu – ich weiß nicht mehr, wie oft – ich bemerkte nur noch das grelle Pfeifen des Rohrstockes, das laute Aufknallen der Hiebe, Nicoles Gebrüll und das Springen und Tanzen ihrer Hinterbacken.

»Um Himmels willen, Vanessa, hör auf!«, rief mein Mann und hielt meinen Arm fest. Im selben Moment schrie Nicole laut das Codewort, was mich mit tiefer Genugtuung erfüllte.

Schwer atmend ließ ich den Stock sinken. Zufällig fiel mein Blick auf den Wandspiegel, und mich durchfuhr ein heftiger Schreck. Mein Gesicht war tiefrot und verschwitzt, Haarsträhnen hingen wild herunter und auf meiner Stirn stand eine senkrechte Falte. Mein Mund war verkniffen und meine Nase gekräuselt, wie wenn ich einen stechenden Geruch einatmen würde. Ich warf den Stock auf den Boden und rannte ins Badezimmer. Nachdem ich mein Gesicht mit kaltem Wasser gekühlt hatte, kämmte ich mich, dann setzte ich mich auf den Badewannenrand und versuchte, meine Fassung wiederzugewinnen, indem ich einige Male tief durchatmete.

Als ich ins Wohnzimmer zurückkam, lag Nicole noch immer über der Sessellehne, über ihren Hintern hatte mein Mann ein nasses Küchenhandtuch gelegt. Andreas hatte die ganze Zeit wie versteinert auf dem Sofa gesessen, er sah blass aus und wirkte verunsichert.

Ich kniete mich vor den Sessel, nahm Nicoles Kopf in beide Hände und sagte: »Verzeih mir bitte, ich weiß nicht, was in mich gefahren ist! Deine Verstocktheit hat mich zur Weißglut gebracht ... ich musste das tun ... es war wie ein Zwang!«

»Schon gut«, knurrte Nicole, »ich bin selbst daran schuld, ich weiß nicht, warum ich das mitgemacht habe. Wahrscheinlich wollte ich Andreas beweisen, was ich aushalten kann.«

Sie rappelte sich hoch und wollte sich anziehen, doch ich befahl ihr: »Nein, bleib nackt, ich werde dich noch ein bisschen trösten.« Ich holte zwei Handtücher aus dem Wäscheschrank und eine Tube mit einem Spezial-Gel aus dem Kühlschrank. Dann nahm ich in der Mitte des Dreiersofas Platz. Nicole musste sich bäuchlings der Länge nach hinlegen, mit der Kehrseite über meinem Schoß. Bestürzt nahm ich zur Kenntnis, was ich angerichtet hatte. Nicoles Hintern war über und über mit wulstigen Doppellinien – den typischen Rohrstockstriemen – überzogen, und an den Stellen, wo das Stockende übergefedert war, hatten sich dicke Schwielen gebildet. Einige Hiebe waren auf den Oberschenkeln gelandet, dort hatte der Rohrstock besonders schlimme Spuren hinterlassen.

Ich begann dann mit der Behandlung, und als Nicole das kühle Gel auf ihrem heißen Fleisch fühlte, entrang sich ihrer Brust ein Seufzer des Wohlbehagens. Trotz – oder gerade wegen der furchtbaren Abreibung, die ich ihr verpasst hatte, war sie hochgradig sexuell erregt.

Nachdem ich das abschwellende und heilende Gel gründlich in ihr mächtiges Gesäß und ihre Schenkel einmassiert hatte, ordnete ich an: »Dreh dich um!«

Sie gehorchte, so dass ihr glühender Hintern auf meinen Oberschenkeln zu liegen kam. Die Hitze in ihrem Po war so intensiv, dass ich sie durch die beiden Handtücher auf meinem Schoß und meinen Flanellrock spürte.

»Komm, besorg's ihr«, sagte ich dann zu Andreas.

Er folgte der Aufforderung und begann, sie mit dem Mund und der Zunge zu verwöhnen. Er bemühte sich redlich, doch erst als ich ein wenig nachhalf, indem ich ihr die Brustwarzen steif kitzelte und kräftig zwirbelte, kam sie unter heftigen Konvulsionen und schrillem Aufjaulen zum Höhepunkt.

»Aaaah, das war schön«, stöhnte sie, »oh mein Gott, war das gut!«

Weil Nicole nun total erschöpft und zu den noch ausstehenden Kniebeugen nicht mehr fähig war, erließen wir ihr diesen Teil der Strafe. Nachdem wir die angebrochene Weinflasche noch geleert hatten, beendeten wir den Abend, und Andreas und Nicole verabschiedeten sich von uns.

Meinem Mann und mir war klar, dass Spiele dieser Art nicht unbedingt auf meiner Wellenlänge liegen, aber ich wollte ja kein Spielverderber sein. Dass ich auf so erschreckende Weise die Beherrschung verloren hatte, schrieb ich meiner Eifersucht zu – irgendeine Erklärung musste es ja schließlich dafür geben.

Wir sprachen dann noch einmal ausführlich über unseren Abend zu viert und beschlossen, dass wir auf jeden Fall mit Andreas und Nicole in Kontakt bleiben wollten. Die Freundschaft, die sich in der Folgezeit entwickelte, ist bis heute lebendig geblieben.

Dressur

Eine Woche später meldete sich Nicole am Samstagvormittag telefonisch bei mir: »Hallo Vanessa, ich möchte mich noch einmal für den schönen Abend bei euch bedanken. Ich muss immer wieder daran denken! Wenn ich dir sage, dass dieser Abend das schönste Erlebnis meines Lebens war, dann ist das keine Übertreibung, das kannst du mir glauben!«

»Und ich möchte mich noch einmal entschuldigen«, gab ich zurück, »wenn ich an meine Entgleisung an diesem Abend denke, treibt es mir immer noch die Schamröte ins Gesicht. Ich weiß nicht, wie ich derartig die Kontrolle verlieren konnte! Es muss ein Dämon in mich gefahren sein – das war nicht ich, die dich derartig geschlagen hat!«

»Doch, Vanessa, das warst du, das war eine Seite in dir, die du sonst nicht zulässt! Warum schämst du dich denn dafür? Gib doch deinem Hang zur Strenge eine Chance, sich zu entfalten!«

»Nein, Nicole, das will ich nicht, so etwas passt einfach nicht zu mir. Ich habe schon unzählige Male Dresche bezogen, aber ich hatte vor diesem Abend noch niemals selbst jemanden geschlagen.«

»Aber mich hast du damit glücklich gemacht! Es hat mir so gut getan, endlich einmal meine passive Neigung auszuleben. Die Stockstriemen habe ich immer noch auf dem Hintern und beim Sitzen spüre ich sie, das ist herrlich! Ich wünsche mir so sehr, noch einmal so von dir rangenommen zu werden – können wir solche Spiele nicht öfter machen? Dir und Sebastian hat es doch auch Spaß gemacht, das könnt ihr ja wohl nicht abstreiten!«

»Ich kann dir das nicht versprechen, Nicole, ich müsste auch erst mit meinem Mann darüber reden. Hast du deshalb angerufen?«

»Nein, ich wollte eigentlich wegen Andreas mit dir sprechen. Du kennst ja seine masochistische Veranlagung. Wir sind nicht mehr zusammen, aber noch befreundet. Am vergangenen Mittwoch waren wir im SM-Club *Deep Devotion*, wir sind jetzt dort Mitglieder. Im Club fanden wir einen Werbeprospekt, in dem eine Reitlehrerin spezielle Kurse unter dem Namen *Furioso* anbietet. Ich habe dir einen solchen Prospekt übrigens zugeschickt, du müsstest ihn heute bekommen haben.«

»Ich war noch nicht am Briefkasten, ich sehe gleich einmal nach.«

»Jedenfalls, auf einem solchen Kursus werden Männer von jungen Frauen wie Pferde dressiert, und das Ganze endet mit einem Wagenrennen. Andreas war sofort begeistert davon, und nun nervt er mich pausenlos, dass ich ihn mit dieser Reitlehrerin, der Kursleiterin, in Verbindung bringen soll. Ich habe sie bereits persönlich kennengelernt und soll deshalb als *Eisbrecherin* fungieren. Na ja, fit und durchtrainiert ist Andreas ja, schließlich treibt er eine Menge Sport, vielleicht ist es ja wirklich etwas für ihn, er würde in sportlicher Hinsicht davon profitieren und könnte auch seinen Masochismus ausleben. Ich möchte gerne deine Meinung dazu hören, der Spaß ist nämlich nicht gerade billig. Andreas will sogar einen Kredit dafür aufnehmen. Die Ausbildung ist hart und streng, sie dauert eine Woche lang, er stünde die ganze Zeit unter der Peitsche seiner

Trainerin, dabei ist er noch wenig an Schläge gewöhnt. Wenn er nicht durchhält und den Lehrgang abbricht, ist das Geld verloren und es wird noch eine Konventionalstrafe wegen Vertragsbruchs fällig. Wie denkst du darüber?«

»Tja«, meinte ich, »also entscheiden muss er das schon selber. Wenn er sich den Kursus leisten kann, dann soll er es doch machen. Falls es dazu kommt, möchte ich aber auch wissen, was da abgeht!«

»Er wird mir alles erzählen. Und du bekommst einen ausführlichen Bericht.«

»Super, Nicole, vielen Dank! Wie käme ich ohne dich nur an Stoff für meine Storys?«

»Indem du selbst mal wieder aktiv würdest. Aber das ist ein anderes Thema.«

»Aha. Wann soll der Kursus denn anfangen?«

»Heute in einer Woche.«

»Dann richte Andreas meine herzlichen Grüße aus und sag ihm, dass ich ihm viel Spaß und Erfolg wünsche.«

»Mache ich. Bis bald, tschüs Vanessa!«

Auf dem Prospekt, den ich kurze Zeit später im Briefkasten fand, stand in fetter Schrift *Casa Encuentro* (Haus der Begegnung). Darunter sah man die Abbildung eines großen Gebäudes im Landhausstil, das Katia, die Gründerin und Chefin des Unternehmens, käuflich erworben hatte. Weiterhin wurden die Ausbilderinnen mit Porträt-Fotos vorgestellt, außer Katia sind es die Assistentinnen Samantha, Ellen und Oksana, allesamt junge und attraktive Frauen. Es folgte ein ganzseitiges Foto mit einem gut gebauten Mann, der an einer Longier-Leine im Kreis läuft. Er war nackt bis auf ein Ledergeschirr, die Leine wurde von einer Frau in Stiefeln und heller, hautenger Hose gehalten. Die Bildunterschrift lautete: *Spuren ...*, die gegenüberliegende Seite zeigte denselben Mann splitternackt auf ein Gestell gespannt; er wurde von der Frau mit einer Reitpeitsche gezüchtigt. Unter dem Bild stand: ... *oder spüren.*

Auf den nächsten Prospektseiten wurden die Zofen vorgestellt, von denen je eine einer Ausbilderin unterstellt war. Die Zofen trugen eine Art Uniform: kurze Röcke und knappe Tops, die den Bauch frei ließen, dazu hochhackige Sandaletten – alles in Schwarz. Die letzte Prospektseite zeigte drei Männer, sie waren nackt bis auf ein Halsband, einen breiten Gürtel, Socken und Laufschuhe. Die Männer zogen zweirädrige Kutschen, darin saßen breitbeinig die Herrinnen, in der einen Hand die Zügel und in der anderen eine lange Peitsche.

Drei Wochen später erhielt ich Post mit der ausführlichen Schilderung von Andreas' Erlebnissen unter Katia, der erfolgreichen Spring- und Dressurreiterin und Leiterin des Lehrgangs *Furioso*. Es war Andreas' ausdrücklicher Wunsch gewesen, von Katia persönlich unterrichtet zu werden. Schon aufgrund ihres Porträts im Prospekt war er fasziniert, wenn nicht hypnotisiert von ihr – womöglich hatte er sich sofort spontan in sie verliebt. In welchem Ausmaß er von Anfang an von ihr beherrscht wurde, sollte sich in der Folgezeit deutlich herausstellen.

Seine ersten flagellantischen Schlüsselerlebnisse hatte Andreas bereits als Schuljunge gehabt. Er musste die Nachmittage in einem Hort verbringen, dort gab es eine Erzieherin, die den Jungen, die dort beaufsichtigt und betreut werden mussten, mit

Begeisterung den nackten Hintern vollklatschte, sie ergriff jede sich bietende Gelegenheit dazu. So etwas war damals bereits verboten, doch das kümmerte diese Frau nicht, es gab wohl auch niemals Beschwerden deshalb. Mit geübten Griffen streifte sie den *Sündern* die Hosen ab, zog sie einen nach dem anderen über ihren Schoß und schlug herzhaft mit der flachen Hand aufs blitzeblanke Hinterteil. Dazu sang sie lustige Liedchen oder sprach Verse und Zählreime im Rhythmus der Schläge. Andreas erinnert sich noch deutlich an ihr glückliches Lächeln, ihr erhitztes Gesicht und ihre glänzenden Augen bei diesen Poklatsch-Orgien. Mädchen wurden nicht geschlagen, und auch er selbst wurde niemals übergelegt, denn er war der Liebling dieser Erzieherin. Sie schmuste oft mit ihm, setzte ihn dazu rittlings auf ihren Schoß, liebkoste und küsste ihn und sagte währenddessen immer wieder: »Mein süßes Bengelchen« zu ihm.

Jahre später, besonders während der Pubertät, beherrschte diese Erzieherin dann in zunehmendem Maße seine Tagträume. Seine Masturbationsphantasie war immer die gleiche. Er liegt über dem Schoß der gestrengen Frau, bekommt den nackten Po versohlt und die anderen Jungen und Mädchen sehen dabei zu. In dieser Phase der Entwicklung verstärkte sich auch sein Hang zum Exhibitionismus.

Als Andreas dann Nicole kennenlernte, war er zunächst von ihrem Beruf fasziniert. Sie ist Erzieherin, und das ist ein Wort, das ihn bis heute nicht kalt lässt. Sofort keimte bei ihm die Hoffnung auf, seine langjährigen Phantasien endlich mit ihr verwirklichen zu können. Als sie ihm erzählte, sie hätte Spaß daran, ab und zu einem Mann tüchtig den Hintern zu versohlen, konnte er sein Glück kaum fassen, und tatsächlich erlebte er mit ihr anfänglich sehr schöne flagellantische Stunden – oft bis tief in die Nacht hinein. Auch beeindruckte es ihn, wie locker und frei sie mit dem Thema SM umging. Insofern war seine Beziehung mit Nicole ein Schritt in die richtige Richtung, doch die letzte Erfüllung gab sie ihm nicht. Er vermisste die Empathie der aktiven, wollüstigen Flagellantin, wie sie die Erzieherin im Hort für ihn verkörpert hatte. Und genau das war es, was er bei Katia während des Lehrgangs zu finden hoffte.

Nach seiner Ankunft im *Casa Encuentro* wurde Andreas von Lisa, Katias Zofe, begrüßt: »Guten Abend, Andreas, ich bin Lisa, du darfst mich duzen und mit Vornamen anreden. Ich hoffe, deine Fahrt hierher verlief ohne Störungen?«

»Oh ja, vielen Dank!«

Lisa führte ihn zunächst in sein Zimmer, dies war ein höchst karg eingerichteter Raum - lediglich ein Bett, ein Tisch und ein Stuhl befanden sich darin. Es lag – wie auch die Zimmer der anderen Lehrgangsteilnehmer – im ersten Stock des großen Landhauses.

Lisa zeigte Andreas dann die Außenanlagen, die ehemaligen Stallungen, die als Garagen und Geräteschuppen fungierten, die große Reithalle und natürlich die Rennstrecke. Diese bestand aus einer, 150 Meter langen und 20 Meter breiten, Fläche, die sorgfältig geebnet und mit Fußballrasen bepflanzt war. Eine zwei Meter hohe Hecke umgab diesen Bereich, so dass er von außen nicht eingesehen werden konnte.

Der Lehrgang *Furioso* mit der offiziellen Bezeichnung *Bewegungstherapeutisches Seminar* fand von April bis September jeweils vom ersten Montag des Monats bis zum darauffolgenden Freitag statt, er endete mit dem Wagenrennen am Freitagnachmittag.

Nachdem Andreas von Lisa alles gezeigt bekommen hatte, erklärte sie ihm: »Um sieben Uhr wirst du von Katia in ihrem Arbeitsraum zum Einführungsgespräch empfangen, bis dahin hältst du dich in deinem Zimmer auf. Dort befindet sich, wie in jedem Raum des Gebäudes, eine Wanduhr. Ich weise dich ausdrücklich darauf hin, dass du zu allen Terminen, zu den Mahlzeiten und den Trainingseinheiten absolut pünktlich zu erscheinen hast. Schon die kleinste Verspätung zieht empfindliche Strafen nach sich. Haben wir uns verstanden?«

Andreas musste sich zusammennehmen, um Lisa keine aggressive Antwort zu geben. Sie war zwar freundlich, doch etwas an ihrem Tonfall störte ihn. Letztlich war sie nur die Zofe ihrer Herrin, Andreas fand, dass sie nicht das Recht hatte, auf solch autoritäre Weise mit ihm zu reden. Doch er verbarg seinen Ärger und sagte brav: »Ja, Lisa.«

Pünktlich um sieben stand Andreas vor der Tür zu Katias Dienstzimmer. Er war furchtbar aufgeregt, es war ein Gemisch aus Angst und freudiger Erwartung, das seine Nervosität verursachte. Er bekräftigte noch einmal in Gedanken seinen Vorsatz, sich Katia völlig zu unterwerfen und klopfte an.

Katia öffnete und begrüßte ihn mit den Worten: »Na, pünktlich bist du ja, das ist schon einmal ein guter Anfang! Guten Abend, Andreas, ich bin Katia, tritt bitte ein!«

Andreas betrat Katias Arbeitsraum, der Ähnlichkeit mit dem Sprechzimmer eines Arztes hatte. Es gab einen Schreibtisch mit Bildschirm und Tastatur, Regale, Wandschränke, eine Liege, wie man sie aus Arztpraxen kennt, zudem ein Sofa und zwei Sessel. Etwas abseits stand ein Gestell, das Andreas schon im Prospekt gesehen hatte. Dies war der Strafbock, den sicher jeder SM-Freund kennt, ein gepolsterter Balken auf vier schräg stehenden, mit Querstreben stabilisierten Beinen. Katia nahm auf einem Drehsessel hinter dem Schreibtisch Platz und forderte Andreas auf, sich auf einen der davor platzierten Stühle zu setzen – es war tatsächlich wie bei einem Arztbesuch. Katia hatte nichts betont Herrisches oder Barsches an sich, wie man es gemeinhin bei dominanten Frauen erwartet. Ihr Gang und ihre Bewegungen waren von katzenhafter Geschmeidigkeit. Sie trug Jeans und Pulli und lief fast immer barfuß, nur beim Training hatte sie Stiefel, eine hautenge, helle Hose und eine ärmellose Lederweste an. Beim Wagenrennen kam noch ein Lederhelm hinzu. Ihre Attraktivität, ihre dunklen Augen, das naturkrause, gepflegte und schulterlange Haar und nicht zuletzt ihr sympathisches Lächeln – all das blieb natürlich nicht ohne Wirkung auf Andreas. Bereits ihr Foto im Prospekt und ihre weiche, sinnliche Stimme hatten ihn ja sofort begeistert. Hinzu kam ihr schöner und gut gewachsener Körper, der mit *schlank-üppig* gut beschrieben ist. Lediglich die Reitpeitsche, die sie in der Hand hielt und immer wieder hin und her bog, gab ihrem Erscheinungsbild etwas Furchteinflößendes.

Katia bemerkte Andreas' angstvollen Blick und erklärte: »Ich muss immer etwas in den Händen haben was ich befingern und womit ich spielen kann – das beruhigt meine Nerven. Und diese Peitsche ist mein Lieblingsspielzeug.« Es klang fast wie eine Entschuldigung, als sie das sagte, doch dann fuhr sie in verändertem Tonfall fort: »Wenn wir uns in der Zeit, die du hier verbringen wirst, gut verstehen werden, brauchst du keine Angst vor der Peitsche zu haben – im anderen Fall wirst du lernen, sie zu hassen.« Bei der Peitsche handelte es sich um eine wertvolle Handarbeit; ein solches Stück besteht nur aus Naturmaterialien. Eine lederumflochtene Haselgerte mit Palisandergriff, an der Spitze ein Hanfzöpfchen, das den Hieben einen zusätzlichen Biss verleiht und sie mit scharfem Pfeifen begleitet. Andreas begriff, dass die Peitsche für Katia das war, was einem Musiker sein Instrument bedeutet.

Bevor Andreas den Vertrag unterzeichnete, der bereits in zweifacher Ausfertigung auf dem Schreibtisch lag, wurde er von Katia noch einmal auf die wichtigsten Punkte hingewiesen: »Zwei Dinge sind es, für die ich deinen vollen und bedingungslosen Einsatz erwarte. Erstens: Du wirst nicht nur auf das Rennen vorbereitet, sondern du bist auch mein Leib- und Lustsklave. Dein Körper gehört mir, das ist die wahre Bedeutung des Wortes *Leibeigener*. Wann du Lust und wann du Schmerz empfindest, das bestimme ich! Zweitens: Ich will das Rennen mit dir gewinnen! Alles andere hast du aus deinen Gedanken zu verbannen. Entsprechende Konzentrations- und Meditationsübungen werden dir dabei helfen. Hast du das voll und ganz begriffen?«

»Ja, Herrin.«

»Nenn mich nicht Herrin, ich rede dich auch nicht mit Sklave an, ich finde beides albern. Sag Katia zu mir!«

»In Ordnung.«

Nachdem Andreas den Vertrag unterschrieben hatte, ordnete Katia an: »Zieh dich aus, alles! Deine Sachen nehme ich in Verwahrung, du bekommst sie wieder, wenn du dieses Haus verlässt.«

Andreas gehorchte und stand dann nackt vor Katia. Sie betrachtete ihn von allen Seiten und bemerkte: »Gut siehst du aus! Wir werden sehen, was dieser Körper zu leisten vermag.« Sie betastete seine Muskeln, tätschelte ihm den Po und ergriff seinen Penis, der sich sofort heftig versteifte.

»Naaaa?!«, warnte sie ihn, »was ist denn das? Habe ich dir das etwa erlaubt?«

»Nein Katia, bitte entschuldige ... es ... ich ...«

»Meinst du nicht, dass du für solch ungezügelte Lüsternheit bestraft werden musst?«

»Ja Katia, bestraf mich, ich habe es wirklich verdient!«

Katia setzte sich breitbeinig auf einen Stuhl und befahl Andreas, sich über ihren linken Oberschenkel zu legen. »Stütz dich am Boden ab!«, wies sie ihn dann an, »heb dein Becken etwas an, stell dich auf die Zehen! Sehr schön!«, lobte sie ihn, als sie sah, wie präzise er ihr gehorchte. Mit der linken Hand umfasste sie dann wieder seinen Penis, mit der Rechten streichelte und kitzelte sie seinen Hintern und sagte: »Solch ein Prachtarsch schreit ja förmlich nach Schlägen, nicht wahr?«

»Ja!«, stieß Andreas hervor, er keuchte vor Erregung.

Katia schlug dann mit der flachen Hand zu, kräftig und rhythmisch, immer links – rechts, wie Andreas es im Hort so oft miterlebt hatte. Er konnte es kaum fassen, dass sein jahrelanger Traum so ansatzlos und mit solcher Selbstverständlichkeit zur

Realität wurde. Und dass es kein Traum war, bewies ihm nach kurzer Zeit sein brennender Po, denn Katias *Handschrift* war nicht von schlechten Eltern. Doch der Schmerz wurde von seiner starken sexuellen Erregung überlagert, der er nichts entgegenzusetzen hatte, zumal Katia nicht aufhörte, sein Glied zu befingern, während sie mit der anderen Hand beharrlich seinen Hintern bearbeitete. Allzu schnell kündigte sich sein Orgasmus an, deshalb bat er Katia mit vibrierender Stimme: »Bitte – du musst aufhören ... sonst passiert es ... ich kann mich nicht mehr beherrschen!«

Katia unterbrach die Züchtigung und befahl: »Auf!«

Andreas gehorchte.

»Steh gerade! Du kannst dich also nicht beherrschen! Eigentlich hättest du jetzt eine Tracht mit der Peitsche verdient! Aber ich will ausnahmsweise Gnade vor Recht ergehen lassen. Du legst dich jetzt dort auf die Liege. Auf den Rücken!«

Die Liege ließ sich in der Höhe verstellen, und Katia fuhr Andreas so weit nach oben, dass sie seinen Körper bequem mit den Händen erreichen konnte, ohne sich niederbeugen zu müssen. Sie liebkoste dann sanft und zärtlich seine Hoden und den Penis, der – inzwischen etwas abgeschlafft – sofort wieder strammstand. Katia drohte Andreas: »Nimm dich bloß zusammen jetzt! Du darfst kommen, ich befehle es dir sogar. Aber du kommst genau dann, wenn ich es verlange und keine Sekunde früher. Das wird dich Disziplin lehren. Wenn du nicht spurst, gehst du doch noch über den Bock und bekommst die Peitsche. Also – wirst du gehorchen?«

»Ja Katia, ich will es versuchen.«

»Versuchen heißt versagen! Du hast nichts zu versuchen, sondern meinen Befehl zu befolgen, klar?«

»Ja, Katia.«

»Spreiz die Beine und heb dein Becken ein wenig an!«

Sie begann dann, mit ruhigen und gleichmäßigen Bewegungen sein heftig erregtes Glied zu massieren, dabei legte sie die Fingerspitzen ihrer linken Hand auf seine Dammgegend, um die Zuckungen der Prostata zu ertasten, die ihr verrieten, wann sein Orgasmus nahte. Wenn dies der Fall war, hörte sie auf, ihn zu reizen, um dann nach einer Pause fortzufahren.

Schließlich, indem sie ihre Bewegungen beschleunigte, kommandierte sie: »Los jetzt! Ich will, dass du kommst! Wirst du wohl spuren! Denk an die Peitsche!«

Noch bevor Katia zu Ende gesprochen hatte, setzte Andreas' Orgasmus ein. Die Eruptionen der Lust schleuderten das heiße Sperma bis in sein Gesicht, und sein lautes Stöhnen verriet das Ausmaß der Ekstase, von der er sich gepackt fühlte wie die Maus von der Katze.

»Sehr schön!«, lobte Katia, »was für einen strammen und tüchtigen Schwanz du hast! Hoffentlich funktioniert alles andere an deinem Körper genauso gut!« Sie hielt seinen Penis noch sanft umfasst und streichelte beruhigend seinen Bauch, bis das Nachzucken der Lenden und sein erregtes Keuchen abklangen.

»Oh Katia!«, seufzte Andreas. Er wollte ihr so vieles sagen und erklären, doch er war derartig benommen von dem Gefühlsaufruhr, dass seine Sprache versagte. Katia lächelte ihn verständnisvoll an, natürlich wusste sie, was in ihm vorging. Sie sagte zu ihm: »Du weißt ja bereits, dass du nur dann erregt sein darfst, wenn ich es dir erlaube.« Mit diesen Worten öffnete sie eine Schublade und nahm etwas heraus, das auf den ersten Blick wie ein Uhrenarmband aussah. »Dies wird dir helfen, deine Lüsternheit im Zaum zu halten.« Es handelte sich um eine *Penismanschette*; das ist ein Lederriemchen, das an der Innenseite mit Metallzähnen besetzt ist. Die Manschette wird um die Peniswurzel geschnallt, ein daran befestigter Gummiring, der die Hoden straff umspannt, sorgt für einen festen Sitz. Bei schlaffem Penis liegen die Eisenspitzen locker auf und verursachen keine nennenswerten Beschwerden. Eine beginnende Erektion jedoch bewirkt heftigste Schmerzen und wird dadurch wirksam verhindert. Nachdem Andreas die Manschette angelegt bekommen hatte, erklärte ihm Katia: »Dieses unscheinbare Ding ist eine wahre Lustbremse, du darfst sie nicht eigenmächtig entfernen, nur Lisa und ich dürfen das tun. Wenn du dabei erwischt wirst, bekommst du meine Reitpeitsche zu spüren!« Katia legte ihm dann noch ein Lederhalsband an, das an der Vorderseite einen großen Eisenring aufwies. »Für dieses Halsband gilt das Gleiche«, sagte sie, »vor dem Schlafengehen wird Lisa deine Hände daran festketten, auf diese Weise kommst du nicht in Versuchung, an dir selber herumzuspielen – ich hoffe, du verstehst mich!«

»Ja, Katia.«

Andreas bekam dann die für den Lehrgang erforderliche Kleidung überreicht, die in verschiedenen Größen zur Verfügung stand - Trainingsanzug aus Baumwolle, Unterwäsche, ferner Socken und spezielle Laufschuhe. Während des Trainings und auch beim Rennen waren die Männer nackt, sie trugen lediglich einen Gürtel und einen stramm sitzenden Lederstring.

Nachdem Andreas sich angekleidet hatte, ordnete Katia an: »Geh jetzt auf dein Zimmer und lies den Vertrag noch einmal sehr aufmerksam durch! Präge dir vor allem gut ein, zu welchen Zeiten das Redeverbot gilt und auch, wann und wo das Training, die Gymnastik, die Massagen und alles andere stattfindet. Das Redeverbot besagt, dass du nicht unaufgefordert sprechen darfst, und zwar vom Wecken bis zur Mittagspause – dann von drei bis sieben. Außerhalb dieser Zeiten kannst du dich mit allen Anwesenden unterhalten – ich wünsche sogar einen regen Austausch. Meine Zofe Lisa darfst du allerdings zu keiner Zeit ohne Erlaubnis ansprechen, ich habe dafür meine Gründe. Du hast ihre Anweisungen zu befolgen und Fragen zu beantworten. Einen Nacht- oder Morgengruß musst du selbstverständlich erwidern. Dass ich größten Wert auf Pünktlichkeit lege, weißt du ja bereits. Jeden Fehler, den du machst, werte ich als persönliche Niederlage. Das ist nun einmal so, bei meinen Reit-Turnieren empfinde ich es ähnlich, zum Beispiel dann, wenn mein Pferd mir den Gehorsam verweigert.«

»Ich werde mir alle Mühe geben, Katia!«

»Schon morgen kannst du es mir beweisen. Wir sehen uns dann gleich beim Abendessen, ich werde zuvor noch eine Einführungsrede halten, und du lernst auch die anderen Ausbilderinnen und Lehrgangsteilnehmer kennen. Bis gleich also.«

Das Abendessen begann am Eröffnungstag um neun, an den folgenden Tagen fand es um acht Uhr statt. Es wurde großer Wert auf ausgewogene und vollwertige Ernährung gelegt, die Lebensmittel wurden täglich frisch angeliefert. Es gab vorwiegend Fisch und Geflügel mit Beilagen, viel Rohkost, dazu Fruchtsäfte und köstliche Obstmilch-Shakes. Zudem wurde mittags und abends ein würziger und wohlschmeckender Selleriesalat gereicht, auf dessen Zubereitung sich eine der Köchinnen hervorragend verstand. Sellerie hat eine aphrodisische – also sexuell anregende – Wirkung; das Gleiche gilt für Erdbeeren und Ananas, diese Früchte gab es ebenfalls täglich mit Sahne oder Quark zum Nachtisch. Katia war davon überzeugt, dass eine solche Ernährung die Leistungsfähigkeit der Zöglinge beförderte. Und die gesteigerte Erregbarkeit sollte die Freude am Sklavendasein, die Lust an der Unterwerfung noch verstärken.

Als alle im Speisesaal versammelt waren, hielt Katia eine kurze Begrüßungsansprache. Sie machte die Seminarteilnehmer miteinander bekannt, wobei sie den vierten Kandidaten nebst seiner Ausbilderin Ellen und deren Zofe entschuldigte – er hatte kurzfristig abgesagt. Andreas würde also beim Rennen nur zwei Konkurrenten haben. Es waren der Medizinstudent Frank und der Bankier Harald, dessen Alter Andreas auf Mitte bis Ende fünfzig schätzte. Katia stellte dann die Ausbilderinnen Samantha und Oksana mit ihren Zofen vor, ferner die beiden Köchinnen und die Bodyguards. Nach dem Abendessen reichte Katia allen Anwesenden die Hand, wünschte ihnen eine gute Nacht, verabschiedete sich dann und zog sich in ihre Privaträume zurück.

Wieder auf seinem Zimmer wollte Andreas die Zeit vor dem Zubettgehen für seine Tagebuchaufzeichnungen nutzen, doch er stand noch so sehr unter dem Eindruck des Erlebnisses mit Katia, dass er seine Gedanken nicht geordnet bekam und nichts Vernünftiges zu Papier brachte. Stattdessen erging er sich in wilden Phantasien, was Katia wohl in den nächsten Tagen mit ihm veranstalten würde. Das heftige Zwicken der Penismanschette ermahnte ihn jedoch rechtzeitig, seine schwelgerischen Gedanken zu unterbinden. Auch erinnerte er sich an Katias Worte: *Wann du Lust und wann du Schmerz empfindest, das bestimme ich!*

Um halb elf erschien Lisa und begleitete ihn zum Waschraum, wo er sich vollständig zu entkleiden hatte. Seine Sachen warf sie in einen Korb, sie wurden täglich, wie auch die Bettwäsche, gewechselt. Schlafen musste er im Adamskostüm. Andreas empfand Scham, als er nackt vor dieser Frau stand, die deutlich jünger war als er und ihn wie einen kleinen Jungen behandelte.

»Ein hübsches Kerlchen bist du«, bemerkte sie, während sie ihm Manschette und Halsband abnahm. »und du hast einen knackigen Po«, fügte sie hinzu, indem sie ein paarmal herzhaft hineinkniff, »den haben nicht allzu viele Männer.«

»Du musst es ja wissen«, meinte Andreas.

»Was fällt dir ein?! Habe ich dir erlaubt, zu reden? Noch einmal, dann melde ich es Katia und du gehst über den Bock!«

Andreas wurde so wütend, dass er Lisa am liebsten ins Gesicht geschlagen hätte. »Was für ein saublödes, arrogantes Weib!«, dachte er. Andreas musste dann duschen, sich abtrocknen, Zähne putzen und wurde von Lisa wieder in seine Kammer geführt – immer noch splitternackt. Er bekam das Halsband wieder angelegt, und dann verpasste ihm Lisa ein Paar Handschellen, die sie mit einem Kettchen am Eisenring des Halsbandes befestigte. Das Kettchen war etwa zwanzig Zentimeter lang, so dass ein gewisser Bewegungsspielraum für die Hände blieb.

»Und nun husch, ins Körbchen!«, befahl Lisa, deckte ihn zu und erklärte ihm: »Hier ist ein Knopf, den du mit dem Fuß betätigen kannst. Er löst ein Klingelsignal in meinem Zimmer aus. Wenn irgendetwas ist, wenn du zur Toilette musst oder eine Mücke dich belästigt, kannst du mich damit rufen. Geweckt wirst du um sechs. Klar?«

»Ja, Lisa.«

»Schlaf schön!«

»Du auch!«

Andreas dachte noch einmal an Katia und die flagellantischen Wonnen, die er mit ihr zu erleben hoffte, dann glitt er auch schon sanft ins Reich der Träume.

Ein schriller Pfiff riss Andreas am nächsten Morgen aus dem Schlaf. Lisa stand vor seinem Bett, in der Hand hielt sie eine Trillerpfeife. Sie zog ihm die Decke weg, so dass Andreas nackt und mit unübersehbarer Morgenerektion dalag.

»Aufstehen, schöner Mann!«, befahl Lisa. Sie legte ihm Wäsche, Socken und Trainingsanzug hin, entfernte die Handschellen nebst Kette und ordnete an: »Ab in den Waschraum, rasieren, duschen, Zähne putzen! In fünfzehn Minuten zum gemeinsamen Frühsport antreten! Klar?«

»Ja, Lisa.« Erleichtert, dass er seine Hände und Arme wieder frei bewegen konnte, ärgerte Andreas sich doch erneut über Lisas Tonfall. Das stereotype *Klar?*, das sie offensichtlich von Katia übernommen hatte, und mit dem sie jede ihrer Anweisungen abschloss, ging ihm auf die Nerven.

Der Frühsport fand bei jedem Wetter draußen statt. Neben körperlicher Ertüchtigung war Abhärtung ein wichtiges Ziel der Ausbildung. Das Sportprogramm hatte Lisa ausgearbeitet, sie überwachte auch die Durchführung, als Gymnastiklehrerin und Masseurin war sie bestens dazu geeignet. Es begann mit Lockerungsübungen, dann folgten Knie- und Rumpfbeugen, Sit-Ups, Liegestütze und das anstrengende Froschhüpfen mit hinter dem Kopf verschränkten Händen. Die Anweisungen zur Dauer und zum Tempo gab Lisa mit der Trillerpfeife.

Andreas merkte schnell, dass er seinen beiden Kontrahenten konditionell deutlich überlegen war. Das ließ ihn glauben, er könne den Anforderungen der kommenden Tage gelassen entgegensehen. Dass ihm noch harte Prüfungen bevorstanden, konnte er zu dem Zeitpunkt nicht ahnen. Was ihn allerdings erstaunte, war die körperliche Fitness von Harald, den er mindestens doppelt so alt, wie den Medizinstudenten Frank schätzte. Tatsächlich war der Ältere dem Jüngeren hinsichtlich Geschicklichkeit und Ausdauer sogar überlegen.

Nach dem Frühsport ging es zum Duschen und anschließend zur Intimrasur. Hierzu mussten sich die Männer einer nach dem anderen auf einem Tisch auf den Rücken legen. Andreas erschrak, als er zum ersten Mal Franks nackten Körper sah. Sein Hinterteil wies lederartige Verhärtungen und Schrunden auf, der Rücken war mit langen, schmalen Narben, die von Schnittverletzungen herrührten, überzogen. Auf seiner Brust befanden sich zahlreiche Brandmale in Form von Zeichen und bizarren Mustern.

Steffi, Samanthas Zofe, entfernte die Schambehaarung mit einem Rasiermesser, als gelernte Friseuse konnte sie gut damit umgehen. Auch der Hodensack wurde mit dem Pinsel eingeseift und sorgfältig rasiert, dazu mussten die gespreizten Beine angezogen und das Becken gehoben werden. Anschließend ging es noch einmal unter die Dusche – zuerst heiß und darauf eiskalt – auch dies war eine Maßnahme zur Abhärtung. Zu guter Letzt wurden die Halsbänder und Manschetten wieder angelegt, dann durften die Männer sich ankleiden.

Um acht gab es Frühstück und um neun begann das einstündige Einzeltraining in der Reithalle. Von neun bis zehn Harald unter Samantha, anschließend Frank mit Oksana, gefolgt von Andreas und Katia. Die Zofen mussten das Training beobachten und alle Fehler, Verstöße gegen das Redeverbot, Ungehorsam und Ähnliches in einem Notizbuch aufschreiben.

Während der anderen Stunden, in Andreas' Fall von neun bis elf, fanden Entspannungs- und Meditationsübungen statt. Es wurden Tonkassetten mit den entsprechenden Hinweisen – von Musik untermalt – abgespielt. Auch dabei musste die korrekte Ausführung von den jeweils zuständigen Zofen überwacht werden.

Andreas war mächtig gespannt auf sein erstes Einzeltraining mit Katia. Er hatte sie am Morgen noch nicht gesehen, auch nicht beim Frühstück, denn sie erteilte von acht bis zehn Uhr Reitstunden in ihrem knapp dreißig Kilometer entfernt gelegenen Gestüt. Pünktlich um elf Uhr begab er sich mit Lisa zur Reithalle, wo Katia ihn bereits erwartete. Sie trug Hose und Stiefel, dazu die ärmellose Weste – dieses Outfit kannte Andreas ja schon vom Foto aus dem Werbeprospekt. In der Hand hielt sie die unvermeidliche Reitpeitsche, mit der sie immer wieder spielerisch gegen ihren rechten Stiefelschaft klopfte. Ihre Ausstrahlung war nun eine andere, der

Gesichtsausdruck war wach und konzentriert, die Stimme klang immer noch weich und erotisch, ihr Tonfall hatte aber jetzt etwas Suggestives und Zwingendes, das jeden Widerspruchsgeist im Keim erstickte.

Nachdem Katia Andreas begrüßt hatte, befahl sie ihm, sich völlig zu entkleiden. Sie entfernte die Penismanschette, legt ihm String und Gürtel an, danach musste er Socken und Laufschuhe anziehen. Sie erinnerte ihn noch einmal an das Redeverbot, ermahnte ihn zu äußerster Konzentration und begann dann mit dem Training. Lisa hatte inzwischen auf einem Stuhl Platz genommen, in den Händen hielt sie Buch und Bleistift.

Das wichtigste Ziel der Ausbildung war das Erlernen der für das Rennen erforderlichen Lauftechnik. Es handelt sich hierbei um eine Art Trippel-Trab, bei dem die Schrittlänge deutlich kürzer ist und die Knie stärker angezogen werden als beim normalen Laufen. Das Körpergewicht ist stark auf die Vorderfüße verlagert und der Oberkörper leicht nach vorne geneigt. Es geht darum, die Schritte so gut wie möglich abzufedern und Auf- und Abwärtsbewegungen des Körpers so gering wie möglich zu halten. Beim Rennen ist entscheidend, dass ein gleichmäßiger Zug ohne Ruckeln auf das Kutschgefährt ausgeübt wird. Die Arme müssen angewinkelt und völlig ruhig gehalten werden, sie dürfen keine Balance-Bewegungen vollführen. Um dies zu erleichtern, bekam Andreas von Katia zunächst einen Stab zwischen Armbeugen und Rücken geschoben.

Die Ruhigstellung der Arme ist bei dieser Technik deshalb so wichtig, weil später die Deichselholme der Kutsche mit den Händen an speziell geformten Griffen gehalten werden müssen. Die Deichseln dürfen nicht nach oben oder unten wippen, damit ein Aufschaukeln des Gefährtes verhindert wird.

Es gelang Andreas, sich die neue Lauftechnik in verhältnismäßig kurzer Zeit anzueignen; seine körperliche Flexibilität und schnelle Auffassungsgabe leisteten ihm dabei gute Dienste. Katia ließ Andreas zuerst auf der Stelle, dann an der Longierleine im Kreis laufen. Zu guter Letzt musste er gegen den Zug eines Gummibandes anlaufen.

Andreas absolvierte alle Übungen fehlerfrei, er las Zufriedenheit in Katias Gesicht, und in Lisas Buch gab es nichts einzutragen. Dennoch bekam er von Katia mehrmals die Peitsche über seinen blanken Hintern gezogen. Die Schläge waren äußerst schmerzhaft, und Andreas brüllte jedes Mal laut auf. Er wollte wütend aufbegehren, doch Katia beruhigte ihn immer wieder mit Blicken und Worten. Wenn ihm ihr Verhalten auch höchst merkwürdig vorkam, so begriff er doch, dass sie ihre Gründe dafür hatte.

Nach dem Einzeltraining musste Andreas wieder unter die Dusche, es folgte die wohltuende Massage durch Lisa, dann eine Ruhepause, und um eins gab es Mittagessen.

Um drei am Nachmittag ging es weiter, ein zweistündiges Muskelaufbautraining, von Lisa ausgearbeitet, stand an. Hierbei handelte es sich um Übungen zur gezielten Stärkung der Bauch- und Gesäßmuskulatur. Um fünf ging es noch einmal zum Einzeltraining in die Reithalle, die Inhalte dieses Durchgangs deckten sich weitgehend mit denen vom Vormittag. Um sechs dann wieder Duschen und Massage, anschließend Ruhepause, und um sieben musste jeder Zögling im Dienstraum seiner Ausbilderin zur Leistungsbewertung und – falls begründet – Abstrafung antreten. Lisa hatte in ihr Buch lediglich notiert: »Einschlafen während der Meditationsstunde«.

»Dafür gehörst du über den Bock!«, sagte Katia, »doch ich bin nicht in Stimmung, dich mit der Peitsche zu vermöbeln, wie du es verdient hättest. Aber übers Knie werde ich dich legen, was ja, wie du weißt, nur eine symbolische Strafe ist. Zieh dich aus!«

Andreas gehorchte, doch die lustvolle Vorfreude, die er tags zuvor in dieser Situation empfunden hatte, wollte nicht aufkommen. Es war wohl die Anwesenheit Lisas, die ihn störte und beschämte. Katia setzte sich wieder breitbeinig auf den Stuhl, und Andreas musste sich in der vorgeschriebenen Stellung über ihren linken Oberschenkel legen. Die Manschette nahm sie ihm zunächst nicht ab, und bevor sie mit der Züchtigung begann, streichelte sie seinen Hintern und kitzelte die Hoden, wohl wissend, welch ausgesuchte Qual ihm die gewaltsam unterdrückte Erektion bereitete. Das immer stärkere Zwicken der Eisenzähne entlockte ihm schließlich ein langes »Aaaaauuuhh«, was Katia veranlasste, sich zu erbarmen und ihm das teuflische Ding abzunehmen. Sie verabreichte ihm dann eine tüchtige Tracht, sie schlug rhythmisch, im Halbsekundentakt, dazu wesentlich härter als beim ersten Mal. Wollte sie Lisa demonstrieren wie ein gekonntes Spanking aussieht?

Anschließend gab es Abendessen, und als Katia den Speiseraum betrat, Andreas gegenüber Platz nahm und ihm mehrere Sekunden lang ihr unwiderstehliches Lächeln schenkte, waren das Hitzegefühl in seinem Hintern und auch Scham und Zorn wie weggeblasen. Er erschrak, als ihm klar wurde, welch ungeheuren Einfluss Katia bereits auf ihn ausübte, und wie sehr er sich im Bann ihrer Persönlichkeit befand.

Katia erklärte Andreas, dass er sich um neun in ihrem Dienstraum zum vertraulichen Gespräch unter vier Augen einzufinden habe. Nach dem Essen bedankte sie sich bei allen Anwesenden für den einwandfreien organisatorischen Ablauf des Tages, wünschte wieder eine gute Nacht und Erfolg für die kommenden Tage, dann verließ sie den Saal.

Um neun stand Andreas – wieder mit heftig klopfendem Herzen – vor Katias Tür. Was hatte sie mit ihm vor? Wollte sie ihn doch noch für sein Fehlverhalten über den Bock legen? Er tat einen tiefen Seufzer und klopfte an. Katia öffnete, wie immer barfuß, in Jeans und Baumwollpulli und mit der Peitsche in der Hand. Sie blickte ihn Ernst an und forderte ihn auf, einzutreten.

»Na, wie fühlst du dich nach dem ersten Tag?«, fragte sie ihn.

»Gut«, sagte Andreas, »ich hoffe, du bist mit mir zufrieden.«

»Oh ja, das bin ich. Du hast dir zwar ein paar saftige Hiebe eingefangen, aber ich musste ausprobieren, wie du auf die Peitsche reagierst, vor allem, wenn du sie ohne Grund zu spüren bekommst. Ich tat das auch im Hinblick auf das, was dir am Mittwoch bevorsteht.«

»Was steht mir denn am Mittwoch bevor?«

Katia beantwortete diese Frage zunächst nicht. Stattdessen setzte sie sich aufs Sofa, wies Andreas an, einen Stuhl dicht davor zu stellen und darauf Platz zu nehmen. Sie legte ihren rechten Fuß auf seinen linken Oberschenkel und sagte: »Ich will, dass du jetzt lange und intensiv meine Füße massierst, dabei werden wir miteinander plaudern. Streichle, kitzle, knete – lass deinem Einfallsreichtum freien Lauf! Du weißt ja, dass du nicht nur mein Zögling, sondern auch mein Leibsklave bist. Zeig mir, ob du Phantasie besitzt! Zum Schluss darfst du mir die Zehen lutschen, das mag ich besonders!«

»Gerne, Katia!«

»Bevor du anfängst, nimmst du die Manschette ab, du kannst es selbst tun. Nachher in deinem Zimmer legst du sie wieder an, und zwar bevor Lisa kommt. Sie braucht nicht zu wissen, dass ich dir erlaubt habe, sie abzumachen.«

Andreas entfernte die Lustbremse und begann, Katias Füße zu bearbeiten. Zuerst fuhr er mit beiden Daumen in kreisenden Bewegungen an ihren Fußsohlen auf und ab, dann zwirbelte und rubbelte er ihre Zehen, darauf streichelte er sanft und zärtlich die Sohlen, als Nächstes walkte er den Fuß mit beiden Händen kräftig durch, um dann nach etwa zehn Minuten dem linken Fuß dasselbe Programm angedeihen zu lassen. Sehr schnell war ihm klar, wie dankbar er Katia für ihre Erlaubnis zum Abschnallen der Manschette sein musste. Natürlich konnte es ihn nicht kalt lassen, die Frau, die er so sehr anhimmelte, auf solch intime Art berühren zu dürfen – sein hochsteifes Glied malte sich wunderschön durch die enge Stoffhose ab. Katia tat, als würde sie es nicht bemerken und lobte ihn: »Gut machst du das, nur weiter so!« Mit geschlossenen Augen genoss Katia die Behandlung, und mit leisem Summen tat sie hin und wieder ihr Behagen kund – es klang fast wie das Schnurren einer Katze. Schließlich sagte sie: »Ich kann nicht verstehen, dass viele Menschen sich kaum um ihre Füße kümmern. Oft wissen sie auch gar nicht, welch hocherogene Zone der Fuß ist. Für mich wäre ein Vorspiel zum Liebesakt ohne ausgiebiges Einbeziehen der Füße undenkbar. Und ein Tag ohne intensive Fußmassage ist wie ein ungarisches Gulasch ohne Paprika. Die russische Zarin Katharina hatte mehrere Sklaven, die nur dafür zuständig waren, ihr stundenlang die Fußsohlen zu kitzeln.«

»Eine schöne Beschäftigung«, meinte Andreas.

»Ja.«

Katia schwieg eine Weile, und Andreas begann, ihre Füße hingebungsvoll mit dem Mund zu liebkosen. Er leckte die Fußsohlen, schob seine Zungenspitze in die Zehenzwischenräume und lutschte und nuckelte an den Zehen wie eine Zicke an den Zitzen des Muttertieres.

Noch eine geraume Weile ließ Katia sich auf diese Weise verwöhnen, dann entzog sie ihm den Fuß und sagte: »So, jetzt ist es genug. Du machst das wirklich gut, deshalb wirst du es jeden Abend tun, normalerweise gehört es zu Lisas Pflichten.«

»Es wird mir eine Ehre sein, Katia!«

»Nur eine Ehre?«

»Und ein Vergnügen selbstverständlich. Aber jetzt sag mir bitte - was ist es, das mir am Mittwoch bevorsteht?«

»Nun hast du etwa den Vertrag nicht aufmerksam gelesen?«

»Doch ... ja ... ich denke, schon.«

»Dann weißt du doch, dass jeder Schüler einen Tag lang unter Anleitung der anderen Ausbilderinnen trainieren muss, um auch von deren Erziehungsmethoden zu profitieren. Davon ausgenommen ist Harald, der Samantha untersteht. Er ist bereits Anfang sechzig und so stark auf sie fixiert, dass er mit einer anderen Herrin nicht zurechtkäme. Er ist bei Samantha Stammkunde und zahlt ihr ein monatliches Fixum, ich weiß nicht, wie hoch, aber ganz sicher fünfstellig. Samanthas Zofe Steffi steht im jederzeit sexuell zur Verfügung – natürlich auch gegen gepfeffertes Honorar. Sie ist zwanzig Jahre alt, kurios ist, dass Harald eine Tochter Anfang vierzig hat, die Steffis Mutter sein könnte. Der häufige Geschlechtsverkehr mit Steffi wirkt sich auf Harald übrigens ausgesprochen vitalisierend aus, vielleicht trägt das dazu bei, dass er so viel jünger wirkt und so potent und fit ist. Die monatliche Trainingswoche hier ist seiner Gesundheit ebenfalls sehr zuträglich, er fühlt sich danach zwanzig Jahre jünger, wie er mir immer wieder versichert. Langer Rede kurzer Sinn, am Mittwoch wird Frank, Oksanas Zögling, mit mir trainieren und du unter Oksana. Und deren Methoden sind nicht unbedingt auf deiner Wellenlänge, zart besaitet, wie du nun einmal bist.«

»Ich werde es schon durchstehen, Katia – dir zuliebe!«

»Nimm mal lieber den Mund nicht so voll, ich warne dich ausdrücklich davor, diese Frau zu unterschätzen! Sie ist durch und durch sadistisch, dazu höchst ehrgeizig. Sie will auf jeden Fall mit Frank das Rennen gewinnen. Sie wird versuchen, dich zu demoralisieren und zu demotivieren. Sie weiß, dass nur du ihren Sieg gefährden kannst, in Harald sieht sie keinen ernsthaften Konkurrenten. Sie wird dich mit ihrem spanischen Ochsenziemer windelweich prügeln. Die Ausbilderinnen sind in der Wahl ihrer Methoden völlig frei, es ist nun einmal vertraglich so vereinbart, ich kann nichts daran ändern, jedenfalls jetzt nicht. Ich denke allerdings schon länger über ein neues Regelwerk für den Lehrgang nach. Achte bei Oksana strikt darauf, dass du ihr keinerlei Anlässe für Bestrafungen lieferst. Rede nicht ungefragt, sonst hast du sofort ihre Peitsche im Gesicht. Sie liebt es, ihren Sklaven damit auf die Ohren zu schlagen, wenn die nicht hören wollen.«

»Ich werde mir alle Mühe geben, Katia!«

»Gut, ich glaube dir. Und jetzt geh in deine Kammer. Vergiss nicht, die Manschette anzulegen, bevor Lisa kommt.«

»Nein das werd ich nicht, Katia.«

»Dann gute Nacht und schlaf schön.«

Andreas nutzte die verbleibende Zeit vor dem Schlafengehen, um noch einiges aufzuschreiben. Dann erschien auch schon Lisa, um ihn in den Waschraum zu begleiten und anschließend wie ein Kind ins Bett zu stecken – so kam er sich dabei vor. Er fand es allerdings schon nicht mehr so schlimm wie beim ersten Mal und war wohl auch viel zu müde, um sich wieder zu ärgern. Trotz seiner guten Kondition hatten die anstrengenden und vor allem ungewohnten Übungen ihn erschöpft und ausgelaugt. Deshalb sank er, nachdem Lisa das Licht gelöscht hatte, sofort in traumlosen Tiefschlaf.

Am Dienstagnachmittag wurde bereits auf der Rennstrecke mit den leeren Kutschgefährten – dabei handelte es sich um Spezialanfertigungen aus Leichtmetall – trainiert. Das Rennen ist so organisiert, dass die 150 Meter viermal in beide Richtungen gelaufen werden müssen. Jeder Durchgang wird gesondert gestartet und gestoppt, weil die Zeit, die für das Wenden und Neupositionieren der Gespanne benötigt wird, nicht mitzählt. Die gemessenen Zeiten werden zum Schluss addiert. Man muss nicht zu Beginn der Schnellste sein, sondern seine Kraft gut einteilen, um für den letzten Lauf noch Reserven zu haben.

Die spezielle Lauftechnik und das Gewicht des Wagens ermöglichen naturgemäß eine deutlich geringere Geschwindigkeit als beim normalen Sprinten – dennoch schaffte Andreas die Strecke mit dem unbesetzten Gefährt auf Anhieb in 55,37 Sekunden, das war unter einer Minute – ein ausgezeichneter Wert, der noch verbesserungsfähig war. Katia strahlte übers ganze

Gesicht, als Lisa ihr die gemessene Zeit mitteilte. Mit dem besetzten Wagen war er später kaum langsamer, und das, obwohl ihn ein übler Muskelkater von den Übungen tags zuvor plagte.

Es war ein erfolgreicher Tag, dennoch gab es noch einen unerfreulichen Zwischenfall. Vor der abendlichen Massage vergaß Lisa, ihm die Manschette abzunehmen, und wegen des Redeverbots konnte er sie nicht drauf hinweisen. Jeder gesunde Mann bekommt eine Erektion, wenn er von jungen Frauenhänden eingeölt und massiert wird, besonders, wenn sie so geschickt sind, wie die von Lisa. Umso schlimmer war die Pein, die ihm die vergessene Manschette verursachte. War dies sogar von Lisa beabsichtigt? Katia hatte ihr ja vorgemacht, wie man auf diese Weise einen Mann malträtieren kann.

Die Massagen fanden immer im Gymnastikraum statt, Andreas musste sich splitternackt auf einer Liege ausstrecken, zunächst in Bauchlage. Lisa bearbeitete als Erstes den Rücken, die Schulter- und Nackenpartien, dann die Oberschenkel, Waden und Füße. Schließlich klopfte und knetete sie gut zehn Minuten lang sein Hinterteil durch. Im Anschluss daran befahl sie: »Umdrehen!«, um dann Brust, Bauch und Oberschenkelvorderseiten vorzunehmen. Dieser Moment war Andreas immer wieder peinlich, weil Lisa seinen Steifen zu sehen bekam. Er schämte sich nach wie vor, wenn er sich dieser Frau – noch dazu mit erigiertem Penis – nackt zeigen musste. Er empfand diese Scham bereits morgens, wenn sie ihn weckte und ihm die Decke wegzog – noch schlimmer war es aber bei den Massagen, weil seine Erektion dann durch Lisa gegen seinen Willen verursacht wur-

de. Er schätzte und genoss die Massagen, sie taten seinem Körper wirklich gut, dennoch fühlte er sich durch seine Erregung
immer wieder gedemütigt, hinzu kam, dass er Lisa nicht leiden
konnte.

Als Andreas das Beißen der Metallzähne nicht mehr ertragen
konnte, schrie er wütend: »Mach endlich das verdammte Ding
ab, du blöde Schlampe!« Es war auch seine aufgestaute Wut
über Lisas arrogante Art, die in diesem Ausbruch mitschwang.

Lisa entfernte den fiesen Spaßkiller, dann sagte sie mit gespiel-
ter Sachlichkeit: »So, das war ein Verstoß gegen das Redeverbot
und eine handfeste Beleidigung. Dass das nicht ohne Konsequenzen bleibt, ist dir ja wohl klar!«

Seine Entgleisung tat Andreas sofort leid. Er überlegte, sich zu
entschuldigen, unterließ es aber, weil er sich durch einen erneuten Regelverstoß nicht noch weiter in die Tinte reiten wollte.
Lisa würde diesen Vorfall melden, und die Strafe war ihm
sicher, eine Lektion über dem Bock unter Katias Peitsche! Noch
mehr als diese Aussicht bekümmerte es ihn aber, dass das
schöne Gefühl – die sinnliche Brücke zwischen Katia und ihm –
einen irreparablen Knacks bekommen könnte. Sicher würde sie
enttäuscht sein, dass er aus so geringem Anlass die Nerven verlieren konnte. Er hegte eine schwärmerische Liebe zu Katia, er
betete sie an wie ein Schuljunge, der in seine hübsche Lehrerin
verknallt ist.

Mit weichen Knien erschien er um sieben Uhr mit Lisa in Katias
Dienstzimmer zum Bewertungsgespräch. Es war ihm hundee-
lend zumute, er hätte losheulen können. Katia spürte sofort,
dass etwas nicht stimmte, und sie schwieg erwartungsvoll.
Andreas hielt die Luft an, als Lisa meldete: »Keine besonderen
Vorkommnisse, kein Eintrag ins Buch.«

»Sehr schön!«, versetzte Katia, und sie verabschiedete beide mit den Worten: »Bis gleich, beim Abendessen!«

Auf dem Flur flüsterte Andreas hastig: »Danke, Lisa!«

»Wir sprechen uns noch!«, zischte sie zurück.

Beim Tête-à-tête mit Katia kam die Sache dann doch noch aufs Tapet, und Andreas beichtete seine Unverschämtheit gegenüber Lisa.

»Das alles wäre gar nicht nötig gewesen«, erklärte ihm Katia, »wenn ein wichtiger Grund vorliegt, ist das Redeverbot aufgehoben, und was du erzählt hast, war ein solcher Grund. Ich werde nachher mit Lisa sprechen, du musst damit rechnen, dass die Sache noch ein Nachspiel haben wird. Doch nun wollen wir das vergessen, du wirst jetzt erst einmal wieder meine Füße massieren, vorher machst du die Manschette ab!«

»Gerne, Katia!« Sie lächelte ihn an, und ein tiefer, langer Seufzer löste sich aus seiner Brust. Er war unendlich froh, dass Katia ihm nicht böse war, Tränen der Erleichterung standen in seinen Augen.

Während Andreas mit Katias Füßen beschäftigt war, erzählte sie ihm von ihrer Liebe zu Pferden, die sich schon in früher Kindheit ausgeprägt hatte. Sie vertraute ihm auch an, dass sie schon als Zwölfjährige davon träumte, Jungen zu beherrschen, zu dressieren und zu bestrafen. Natürlich wusste sie damals noch nicht, dass es viele Männer gibt, die auf diese Weise von einer Frau erzogen werden wollen.

Aufmerksam und andächtig lauschte Andreas Katias Worten, die ihn mehr und mehr in sinnliche Hochspannung versetzten.

Als sie eine Weile schwieg, sagte er: »Darf ich dich etwas fragen, Katia?«

»Und das wäre?«

»Hast du eigentlich einen Freund?«

»Ich bin verheiratet. Mein Mann weiß, was ich hier mit meinen Zöglingen treibe. Wenn ich jemanden sehr gerne mag, dann wird er von mir nicht nur dressiert, er erfährt nicht nur meine Strenge, sondern er bekommt auch seine Streicheleinheiten – wann immer mir der Sinn danach steht. Mein Mann weiß das und er toleriert es, im anderen Fall wäre unsere Ehe längst gescheitert. Es gibt allerdings keine Küsse auf den Mund und keinen Geschlechtsverkehr, daran halte ich mich strikt!«

»Hast du Kinder?«

»Nein. Deshalb lasse ich ja meine erzieherischen Fähigkeiten den Pferden und Burschen wie dir angedeihen.«

Katias Tonfall bewirkte, dass Andreas sich wieder erregte. Er seufzte vor Lust, gleichzeitig erschrak er darüber, in welchem Ausmaß ihn Katia körperlich und emotionell beherrschte. Als sie sagte, »wenn ich jemanden sehr gerne mag«, war ihm natürlich klar, dass er gemeint war – und das klang für ihn fast wie eine Liebeserklärung. Als es galt, Abschied zu nehmen, rief er aus: »Auch du liebe Zeit, das hätte ich ja fast vergessen!« Er griff in seinen Ärmel und zog ein zusammengefaltetes Blatt heraus.

»Na, was hast du denn da Schönes?«, fragte Katia neugierig, »hast du etwas für mich geschrieben?«

»Ja.«

»Was ist es?«

»Soll ich vorlesen?«

»Nein, ich will es sehen. Gib her!« Es war ein Gedicht – beinahe
ein Gebet – das er am Abend zuvor geschrieben hatte:

Katia, königliches Weib,

Du gestaltest nun mein Leben;

hör mein einziges Bestreben:

Dein zu sein mit Seel und Leib!

Lob und Tadel, Zucht und Fleiß
führen hin zu diesem Ziel.
Ist das Ganze auch ein Spiel,
der Erfolg hat seinen Preis.

Mit der Peitsche setzt es Schläge,
jeder Hieb ist eine Qual,
doch ich habe keine Wahl:
Kein Zurück gibt's auf dem Wege!

Meine Wünsche, meine Triebe
ordnen sich den Deinen unter.
Ob ich müde, ob ich munter:
Dir gehört all meine Liebe!

Spuren oder spüren heißt es,
denn Du willst zum Sieg mich leiten;
den Triumph Dir zu bereiten
ist mein einz'ges Ziel – Du weißt es!

»Wie schön!«, rief Katia aus, als sie es gelesen hatte, »das ist wirklich ein tolles Kompliment! *Königliches Weib* hat mich noch niemand genannt, ich danke dir! Das Gedicht gefällt mir – ist es tatsächlich von dir?«

»Aber ja!«

»Wirklich sehr schön, das muss ich gleich morgen Lisa zeigen, außerdem werde ich es einrahmen und an die Wand hängen. Komm her!«

Sie zog ihn an sich und umarmte ihn. Er spürte ihre aufregende Nähe; sie presste ihre festen Brüste an seinen Oberkörper und drückte ihm einen Kuss auf die Wange. Schauer der Wonne durchfuhren ihn, die ihn wollüstig »oh Katia!« stöhnen ließen.

Sofort gab sie ihn frei und rief ihn zur Ordnung: »Nichts da *oh Katia*! Du bist hier, um mir zu dienen, und nicht, um dich in schwülstigen Gefühlsduseleien zu ergehen! So etwas ist deiner Konzentration abträglich! Klar?«

»Ja, Katia!«

Zur Bekräftigung ihrer Worte ließ sie die Peitsche auf ihren hübschen Jeanspo klatschen. Das tat sie immer, wenn sie meinte, sich selbst für irgendetwas bestrafen zu müssen. Ob sie wohl auch zu den Frauen gehört, die sich gerne ab und zu den Hintern versohlen lassen? Leider wagte Andreas nicht, sie das zu fragen.

Zum Schluss ermahnte sie ihn noch einmal: »Sei morgen bei Oksana auf der Hut! Du hast Glück, denn sie hat vormittags einen Arzttermin. Für dich stehen also nur Entspannung und Meditation auf dem Programm. Aber nachmittags wird sie dich eine Stunde lang in die Mangel nehmen. Dafür darf ich mich mit Frank amüsieren.«

»Und? Wirst du ihn windelweich prügeln?«

»Nein! Ich will sehen, wie er spurt, wenn er nicht permanent die Peitsche übergezogen bekommt, wie er es von Oksana gewohnt ist. Sie betreibt ein Studio für Extrem-Masochisten, und Frank ist ihr Stammkunde. Du hast ja gesehen, wie die Behandlungen dort seinen Körper zugerichtet haben. Er ist übersät mit Spuren schärfster Auspeitschungen und schwerster Folter. Zu Oksanas Klientel gehören übrigens nicht wenige Frauen. Ich staune immer wieder, was Menschen freiwillig zu ertragen bereit sind!«

Katia geleitete Andreas dann zur Tür und sagte: »Nochmals danke für das schöne Gedicht! Gute Nacht, bis morgen!«

»Gute Nacht, Katia!«

Nach dem abendlichen Waschritual sagte Lisa zu Andreas: »Wenn du mir jetzt etwas mitzuteilen hast, darfst du es tun!«

»Es tut mir leid, dass ich dich beleidigt habe«, erklärte Andreas, »ich bitte dich, mir zu verzeihen!«

Lisa schwieg, und Andreas fragte: »Ist es damit gut?«

»Steh gerade und nimm die Hände auf den Rücken!«, befahl sie. Andreas gehorchte, und Lisa verpasste ihm beidhändig sechs heftige Ohrfeigen, so dass sein Kopf hin und her flog.

»Jetzt ist es erst gut!«, sagte sie, »das war die Antwort, die ein Flegel wie du verdient, wenn er eine Frau wie mich beleidigt! So, meinetwegen kannst du das morgen Katia sagen, dann werde ich nämlich wunderschön ausgepeitscht, aber das ist mir egal!«

Es war den Zofen verboten, die Zöglinge zu schlagen, bei Zuwiderhandlungen riskierten sie selbst Körperstrafen. Die Ausbilderinnen hingegen hatten ein uneingeschränktes, vertraglich zugesichertes Züchtigungsrecht, das sich auch auf die Zofen erstreckte.

Vor dem Einschlafen sprach Andreas in Gedanken zu Lisa: *Na gut, Mädchen, ich habe dich beleidigt, und du wolltest dein Mütchen kühlen – ich kann das bis zu einem gewissen Grad verstehen. Aber du hast mir sechsmal ins Gesicht geschlagen – dafür musst du bestraft werden! Obwohl du mich wirklich überrascht hast, denn ich verdanke es dir, dass Katia nicht böse auf mich ist. Dass sie über den Vorfall im Gymnastikraum von mir und nicht von dir unterrichtet wurde, spielt nämlich dabei die entscheidende Rolle. Ich bin dir sehr dankbar, dass du mich nicht verpfiffen hast! Vielleicht habe ich dir ja unrecht getan, indem ich nur die hochnäsige Zicke in dir sehen wollte. Trotzdem brauchst du eine gehörige Tracht auf deinen süßen Arsch! Katias Peitsche wird dich von deinem hohen Ross herunter holen! Mal sehen, ob dein Tonfall immer noch so überheblich ist, wenn du die Hiebe laut mitzählen musst. Es ist schade, dass es so kommen muss, weil du so fair und anständig warst, aber das ändert nichts! Es wird mir eine reine Freude sein, dich nackt über dem Bock zu sehen, ich kann nur hoffen, dass Katia mich bei deiner Bestrafung zusehen lässt!*

Andreas' ungezügelte Phantasien hatten ihm erneut eine *Prachtlatte* beschert, und wieder einmal war es Lisa, die das verursacht hatte.

»Du Luder!«, knurrte er noch, dann schlief er ein.

Doch am nächsten Morgen war sein Zorn vollständig verraucht. Ernstlich böse war er ohnehin nicht auf Lisa gewesen, es hatte ihm nur Spaß gemacht, sich ihre Bestrafung auszumalen. Die Ohrfeigen hatte er ihr verziehen, und natürlich würde er Katia nichts sagen.

Als Andreas am Mittwochnachmittag die Reithalle betrat, lief es ihm eiskalt über den Rücken. Breitbeinig, mit finsterem Blick, stand Oksana da, in den Händen bog sie eine kurze Reitpeitsche mit breiter Klatsche. Die Frau erinnerte Andreas an einen Henker, der sein Opfer zur Hinrichtung erwartet. Am Rand der Arena saß Monique, Oksanas Zofe, auf einem Stuhl, in den Händen hielt sie Buch und Bleistift. Monique war eine Mulattin, Tochter eines Deutschen und einer Kenianerin – eine 22-jährige, exotische Schönheit mit üppigen Körperformen.

Oksana bedeutete Andreas mit einer Kopfbewegung, näher zu kommen und er erschrak erneut. An ihrem Gürtel hing der Ochsenziemer, vor dem Katia ihn gewarnt hatte.

Andreas musste sich vollständig – bis auf das Halsband – entkleiden. Sklaven hatten in Oksanas Gegenwart grundsätzlich splitternackt zu sein. Er wusste bereits, wie gerne und häufig sie die Peitsche benutzte, sie schlug mit Vorliebe ins Gesicht und auf die Ohren, auch trat sie ihren Sklaven immer wieder kräftig in die Hoden. Oksana ließ Andreas strammstehen und sagte: »Da haben wir also unseren Andreas. Dein Ruf ist dir ja bereits vorausgeeilt. Du glaubst, dass du der Beste, Schönste und Schnellste bist! Nun, diesen Glauben werde ich dir austreiben!«

Ohne Vorwarnung schlug Oksana mit der Peitsche zu, die Hiebe landeten zuerst auf dem linken, dann auf dem rechten Ohr, so dass Andreas sie reflexartig mit den Händen schützte.

»Wirst du wohl die Hände runternehmen!«, drohte Oksana. Mit voller Kraft knallte sie ihm die Peitsche auf den Hintern. Andreas brüllte auf, und der Schmerz ließ seine Hände nun dorthin fahren.

»Da bleiben deine Hände jetzt!«, befahl Oksana.

»Bitte nicht auf die Ohren schlagen!«, bat Andreas.

Oksana lachte höhnisch und trat Andreas so heftig zwischen die Beine, dass er sich vor Schmerz krümmte.

»Komm hoch!«, keifte sie so durchdringend, dass Monique vor Schreck zusammenfuhr.

Mit schmerzverzerrtem Gesicht richtete Andreas sich wieder auf.

Hierauf verkündete Oksana: »Weil du ungefragt geredet hast, gibt's jetzt noch vier auf die Ohren, sonst wärst du mit zwei Schlägen davongekommen. Und wenn du deine Hände nicht schön auf dem Hintern lässt, bekommst du noch mehr. Auf diese Weise lernst du gehorchen! Das kommt nämlich von Horchen, und das tut man mit den Ohren!«

Viermal klatschte die Peitsche dann auf Andreas' Ohren, es kostete ihn eine ungeheure Beherrschung, seine Hände unten zu lassen und den Kopf nicht zu bewegen, um den Schlägen auszuweichen.

Oksana steckte die kurze Peitsche in den Gürtel, und nachdem sie sich von Monique eine extra lange Gerte hatte reichen lassen, begann sie mit dem Training. Sie ließ Andreas an einer

Leine im Kreis laufen – im *Entengalopp*, sprich, in Hockstellung – eine böse, sinnlose Schikane und zudem unverantwortbare Belastung für die Beinmuskulatur. Mit schriller Stimme trieb sie ihn dabei an und schlug ihm immer wieder mit der Longiergerte auf die Beine: »Hopp, hopp, hopp – wirst du wohl laufen, du Faulpelz! Hopp, hopp, hopp – streng dich an! Hopp, hopp, hopp – bleib ja unten, für jedes Hochkommen gibt es fünf mit dem Ziemer! Hopp, hopp, hopp – jetzt lernst du, was *Beine machen* heißt! Hopp, hopp, hopp – ich glaube, dass du schneller laufen kannst! Versuche nicht, mich hinters Licht zu führen, das wird dir schlecht bekommen! Hopp, hopp, hopp – du sollst schneller laufen, habe ich gesagt! Hopp, hopp, hopp – noch schneller! Monique schreib auf: *zehn Ziemerhiebe wegen Leistungsverweigerung*!«

Jedes »Hopp, hopp, hopp« begleitete sie mit einem scharfen Hieb, der Andreas durchdringend aufschreien ließ. Sie trieb dieses Spiel so lange mit ihm, bis seine Beine ihm nicht mehr gehorchten und er völlig erschöpft am Boden lag.

Oksana sagte in zynischem Tonfall: »Siehst du, was für ein Schwächling du bist? Ein Schwächling und ein Versager und wohl auch kein richtiger Mann! Du bekommst zwanzig weitere Hiebe, weil du die Übung nicht zu Ende geführt hast. Schreib es ins Buch, Monique!« Dann fuhr sie Andreas an: »Steh auf!« Andreas wollte sich erheben, doch seine Beine versagten ihm den Dienst, er hatte das Gefühl, als gehörten sie nicht mehr zu ihm. Immer wieder knickte er ein und fiel zu Boden, und jedes Mal wurde er von Oksana höhnisch ausgelacht. Welch ein Genuss für die Sadistin, dass sie Andreas so wirkungsvoll malträtiert hatte! Erst nach mehreren Minuten gelang es ihm, halbwegs geradezustehen. »Geh mir aus den Augen!«, herrschte

Oksana ihn an, »ich habe keine Lust, meine Zeit noch weiter mit dir zu verschwenden! Um sieben Uhr meldest du dich in meinem Dienstraum, dort erwartet dich ein heißes Date mit dem Ochsenziemer!«

Monique half Andreas beim Anziehen, darauf schleppte er sich in seine Kammer und warf sich aufs Bett. Er fühlte sich eigenartig leer und emotionslos. Normalerweise hätte er auf Oksana wütend sein müssen. Sie hatte ihn gedemütigt, vor Monique lächerlich gemacht und kannte nur ein Ziel - ihn fertigzumachen, sein Selbstbewusstsein und auch seinen Körper zu zerstören! Und der schlimmste Teil dieses Programms stand ihm noch bevor, sie würde ihn gnadenlos mit dem Ochsenziemer krumm und lahm prügeln. Er hatte nicht einmal nennenswerte Angst davor, seine Gefühle waren merkwürdig gedämpft, als hätte er eine Droge eingenommen. Er döste vor sich hin und schlief schließlich ein.

Monique riss ihn wieder aus dem Schlaf, indem sie kräftig an seine Tür klopfte und rief: »Oksana erwartet dich in fünf Minuten!«

»Ich komme!«, antwortete er. Als er aufstand, wäre er fast wieder zu Boden gestürzt, denn seine Beine gehorchten ihm immer noch nicht richtig. Sein vordringlichstes Ziel musste es sein, sie wieder voll beweglich zu bekommen, vor allem im Hinblick auf das Rennen!

Als er das Dienstzimmer betrat, standen Oksana und Monique mit verschränkten Armen da. Oksana blickte kalt und drohend, wie der Inquisitor vor der peinlichen Befragung. Monique hatte den Blick zu Boden gesenkt.

»Ausziehen!«, befahl Oksana. Als Andreas nackt war, nahm sie ihm die Manschette ab und ordnete an: »Da drauflegen, auf den

Rücken!« Dabei wies sie mit der Reitpeitsche auf eine Gymnas-tikmatte am Boden. Andreas gehorchte, und Oksana sagte zu Monique: »Ich will sehen, ob in diesem Jammerlappen ein Fun-ken Männlichkeit steckt. Komm, zieh Rock und Slip aus, blas ihm den Schwanz steif, und dann reitest du ihn ab. Los, hopp, hopp, hopp!«

Monique befolgte den Befehl und setzte ihr ganzes Können ein, um Andreas zu erregen. Doch obwohl sie ihr Handwerk (genauer gesagt Mundwerk) ausgezeichnet beherrschte, erzielte sie nur einen mäßigen Erfolg.

Oksana wurde ungeduldig: »Komm Mädchen, aufgesessen jetzt, hopp, hopp, hopp!« Monique setzte sich rittlings auf Andreas und zwängte sein halbsteifes Glied in ihre Scheide. Mit heftigen und schnellen Auf- und Abwärtsbewegungen ihres Beckens versuchte sie dann weiter, ihn zu stimulieren und zum Höhepunkt zu bringen. Oksana schlug dazu den Takt mit der Reitpeitsche auf Moniques drallen Hintern und feuerte sie an: »Hopp, hopp, hopp – besorg's diesem Waschlappen, hopp, hopp, hopp – mach schön weiter und bleib im Rhythmus, hopp, hopp, hopp – ja, so ist's gut, und du, Andreas, wenn du jetzt nicht spurst und dich konzentrierst, bekommst du noch zehn Hiebe mit dem Ziemer zusätzlich zu denen, die dir ohnehin schon sicher sind!«

Doch es war alles vergebens, die Beschimpfungen zeigten bei Andreas keine Wirkung, und Oksanas »Hopp, hopp, hopp« ging ihm furchtbar auf die Nerven. Monique blickte hilfesu-chend zu Oksana und bekam die Anweisung: »Lass gut sein, offenbar bist du nicht sein Typ. Steig ab und zieh dich an, wir sprechen uns später noch!«

Nachdem Monique Andreas freigegeben hatte, musste er sich über den Strafbock legen, seine Hände und Füße wurden an den Querstreben festgeschnallt.

»So, du störrischer Gaul«, sagte Oksana leise und drohend, während sie den Ziemer vom Gürtel löste und genüsslich durch die Finger zog, »jetzt bekommst du den Hintern voll, dass du die Englein singen hörst! Monique hat dreißig Fehlerpunkte notiert, hinzu kommen die zehn Extrahiebe, sie wird die Schläge mitzählen!«

Andreas stöhnte verzweifelt auf. Natürlich wusste er, was Oksana vorhatte, die Ziemerhiebe sollten seine Gesäßmuskulatur lähmen und so seine Leistung beim Rennen einschränken.

Oksana holte zum Schlag aus, und das Geräusch, das der Ziemer bereits beim Ausholen erzeugte, ließ Andreas die Zähne aufeinander pressen. Der von penetrantem Pfeifen begleitete Hieb klatschte dann scharf auf, ließ die Muskeln heftig springen und erzwang einen gellenden Schrei.

»Eins«, zählte Monique. Andreas erschrak vor dem schrillen und überschnappenden Klang seiner Stimme; er war sich nicht mehr sicher, ob sie wirklich ihm gehörte. Nach dem nächsten Schlag rüttelte er wild an den Hand- und Fußfesseln und brüllte: »Aufhören! Bitte aufhören!«

Oksana wartete seelenruhig ab, bis Andreas einsah, dass sein Rütteln und sein Flehen vergeblich waren. Nachdem er erschöpft resigniert hatte, holte das grausame Weib wieder aus, und erneut klatschte der schwere Ziemer auf seinen nackten Hintern. Das ging so weiter, bis Oksana nach zehn Schlägen eine Pause machte.

»Aufhören!«, stieß Andreas hervor, als er nach dem ständigen Schreien halbwegs zu Atem gekommen war, »aufhören, ich kann nicht mehr ... nicht mehr schlagen!« Weder physisch noch psychisch konnte er der Tortur etwas entgegensetzen.

Oksanas Reaktion bestand in einem boshaften und spöttischen Lachen.

Den nächsten Hieb bekam er mit solcher Wucht übergezogen, dass er das Bewusstsein verlor. Als er zu sich kam, lag er wieder auf der Matte, Monique hockte rittlings auf seinem Bauch und war dabei, sein Gesicht mit einem nassen Tuch zu benetzen.

Oksana würdigte ihn keines Blickes mehr. Nachdem sie gesehen hatte, dass Andreas' Belastbarkeit nicht der entsprach, die sie von den Gästen ihres Studios gewohnt war, verlor sie von einem Moment auf den anderen jegliches Interesse an ihm. Monique half Andreas beim Anziehen, das Hitze- und Spannungsgefühl in seinem Hinterteil war so extrem, dass er sich nicht bücken konnte. Auch das Gehen fiel ihm weiterhin schwer, denn seine Beinmuskeln hatten sich von der Entengalopp-Quälerei noch keineswegs erholt. Sein Abschiedsgruß wurde nur von Monique erwidert, und so verließ er ohne ein weiteres Wort den Raum.

Später erfuhr er von Katia, dass Monique, nachdem er gegangen war, von Oksana noch eine tüchtige Tracht auf den blanken Po kassiert hatte. Das despotische Weib war wütend und wollte sich abreagieren, weil Monique es nicht geschafft hatte, Andreas erfolgreich zu erregen und *abzureiten*, deshalb musste sie über den Bock. Für die Züchtigung benutzte Oksana aber die Reitpeitsche und nicht den Ziemer; sie wollte ihr Eigentum – als solches betrachtete sie Monique – nicht ernstlich beschädigen.

Wie ein geprügelter Hund schlich Andreas um acht in den Speiseraum. Als Katia ihn erblickte und seine Verstörtheit bemerkte, legte sie ihre Stirn in sorgenvolle Falten. Andreas setzte sich langsam und vorsichtig auf seinen Platz, und Katia seufzte gequält auf, als hätte sie selbst und nicht Andreas die schmerzenden Striemen auf dem Hintern.

Später, beim vertraulichen Gespräch in Katias Dienstraum, schloss sie ihn in ihre Arme und sagte: »Erzähl mir jetzt alles! Ich sehe schon, deine Ohren haben tüchtig was abbekommen. Was hat Oksana sonst noch mit dir gemacht? Komm, sag's mir!«

Andreas presste sein Gesicht an Katias Schulter. Er brachte keinen Ton heraus, seine Kehle war wie zugeschnürt. Heftige Schluchzer erschütterten seinen Körper, die er mit aller Macht zu unterdrücken versuchte.

»Lass die Tränen fließen«, sagte Katia, »du brauchst dich dafür nicht zu schämen, es wird dich erleichtern.«

Andreas kämpfte nicht mehr dagegen an und weinte heftig, bis Katias Pulli eine große nasse Stelle an der Schulter aufwies.

»Das macht nichts«, beschwichtigte sie ihn, als sie bemerkte, wie peinlich ihm das war.

Als er sich wieder halbwegs beruhigt hatte, befahl Katia: »Hosen runter! Die Manschette nimmst du ab und gibst sie mir!« Andreas gehorchte und sie warf das Ding auf ihren Schreibtisch. Weiter ordnete sie an: »Knie dich aufs Sofa! Den

Hintern schön rausstrecken!« Als Katia dann Andreas' Kehrseite in Augenschein nahm, rief sie entsetzt: »Großer Gott, das sieht ja furchtbar aus!« Sie betastete die schlimmen Ziemerschwielen, so dass Andreas dumpf aufstöhnte. »Das muss sofort behandelt werden!«, erklärte sie, »du gehst jetzt mit Lisa in ihre Kammer, wo sie dich verarzten wird. Im Anschluss daran massiert sie meine Füße, du brauchst es heute nicht zu tun.« Sie nahm ihr Handy, um Lisa zu rufen und sagte danach zu Andreas: »Du kannst dich wieder anziehen.«

Lisa klopfte an und trat ein. Katia erklärte: »Es gibt jetzt nur ein Ziel. Andreas muss morgen zum Nachmittagstraining wieder vollkommen fit sein! Die Striemen auf seinem Hintern wirst du heute noch mit Heilkompressen behandeln, Oberschenkel und Waden musst du intensiv durchkneten! Die Spuren an seinen Beinen sind Gott sei Dank nur oberflächlich. Wir können nur beten, dass er sich keine Zerrungen oder Muskelrisse zugezogen hat. Vom Vormittagstraining ist er freigestellt, er bekommt stündlich eine Massage und auch die Umschläge erneuert!«

»Ja, Katia.«

»Ich verlasse mich auf deine Kunst, Lisa!«

»Das kannst du!«

»Ich weiß.« Katia nahm die Manschette vom Tisch und sagte: »Die bekommt er ab sofort nicht mehr angelegt. Ich erlasse es ihm. Das gilt auch für das Redeverbot.«

»In Ordnung!«

Die therapeutischen Anwendungen, die Lisa Andreas angedeihen ließ, führten dazu, dass er sich überraschend schnell erholte, und tatsächlich hatte er bis zum Nachmittag seine volle Leistungsfähigkeit wiedergewonnen. Das Training verlief erfolgreich, und Katia strahlte Andreas glücklich an; ihr Lächeln erfüllte ihn mit Mut und Zuversicht. Natürlich war sie auch erleichtert, dass ihm nichts Schwerwiegendes geschehen war, zudem triumphierte sie innerlich, weil Oksana es nicht geschafft hatte, Andreas auszuschalten. Noch einmal beglückte sie ihn mit ihrem Lächeln, das er so sehr liebte, und ihr Blick schien ihm zu sagen: »Jetzt ist der Sieg uns sicher!«

Bei der Massage stellte Andreas überrascht fest, dass er nach Lisas Kommando »Umdrehen!« keinerlei Scham mehr wegen seiner Erektion empfand. Auch war die Aggressivität, die er zuvor immer in Lisas Gegenwart gespürt hatte, von ihm gewichen.

Lisa sagte: »Danke übrigens, dass du mich nicht verraten hast.«

»Was, wieso?«

»Ich meine die Ohrfeigen, die ich dir verpasst habe.«

»Du hast doch auch die Klappe gehalten, jetzt sind wir quitt!«

Nach einer Pause fragte Lisa: »Andreas, wollen wir uns ab heute vertragen?«

»Das wollen wir!« Lisa gab ihm einen Kuss, ergriff dann seinen steifen Penis und sagte: »Dann wollen wir diesen vorwitzigen Lümmel mal in seine Schranken weisen! Jetzt gibt es eine Sonderbehandlung.« Sie begann, ihn gekonnt und gefühlvoll zu stimulieren, sie verstand sich sogar besser darauf als Katia – allerdings nur in technischer Hinsicht. Keinesfalls konnte sie ihn derartig emotionell aufwühlen, wie Katia es vermochte. Aber Andreas genoss die Sonderbehandlung, bis ein kräftiger Orgasmus seinen ganzen Körper erbeben ließ.

»War das schön?«, fragte Lisa, nachdem sein heftiges Stöhnen abgeklungen war.

Andreas öffnete die Augen und sah sie an. In ihrem Blick las er etwas Trauriges und Sehnsüchtiges, auch war ihr Gesicht gerötet. Ihr Atem ging schwer, die »Sonderbehandlung« musste starke Gefühle in ihr ausgelöst haben.

»Ja, das war schön, Lisa, sehr schön!«

»Das freut mich!« Sie säuberte ihn, schickte ihn noch einmal unter die Dusche und verabschiedete sich dann mit einem zärtlichen Kuss von ihm.

Als Andreas um neun wieder bei Katia war, eröffnete sie das Gespräch mit den Worten: »Du brauchst nichts zu sagen, Monique hat mir alles erzählt. Ich weiß, dass Oksana ihr befohlen hat, dich zu vergewaltigen. Es freut mich, dass du das vereitelt hast und es beim Versuch geblieben ist! Es wäre eine schlimme Erniedrigung für dich und natürlich ein perverses Vergnügen für Oksana gewesen, wenn Monique das bei dir geschafft hätte. Sie wird nicht weiter für Oksana arbeiten und ist bereits abgereist. Bevor sie ging, hat sie mir noch ihren durchgestriemten Hintern gezeigt, an dem Oksana ihren Zorn ausgetobt hatte. Das muss Monique ihr sehr übel genommen haben. Nun ja sei's drum. Jetzt wirst du erst einmal wieder meine Füße massieren.«

Andreas befolgte den Befehl diesmal mit besonderer Hingabe. Nach langem, schweigendem Genießen sagte Katia: »Andreas, es tut mir leid, was gestern passiert ist! Ich hatte kein Recht, dich Oksanas Grausamkeiten auszusetzen! Verzeih mir bitte, ja?«

»Aber das konntest du doch nicht wissen, Katia!«

»Doch, das konnte ich wissen! Verzeihst du mir?«

»Aber natürlich, Katia!«

»Ich werde Oksana nicht noch einmal für den Lehrgang verpflichten«, erklärte sie, »für das Prinzip *Zuckerbrot und Peitsche* fehlt ihr jegliches Gefühl, sie ist nichts weiter als eine Sadistin, sie will quälen, aber nicht erziehen, und sie kennt nur Demütigung – Motivation ist ihr fremd. Jedenfalls weine ich ihr keine Träne nach, es wird nicht schwer sein, einen Ersatz für sie zu finden. Und weil dein Hintern immer noch schlimm aussieht, wird Lisa dich auch nächste Woche noch täglich behandeln und massieren, bei ihr oder bei dir zu Hause, und zwar für dich kostenlos!«

»Für mich kostenlos?«

»Ich übernehme die Kosten. Bitte widersprich mir nicht! Ich möchte es – klar?«

»Ja, Katia.«

»Morgen kannst du ausschlafen, du wirst nicht geweckt. Das Vormittagstraining fällt wieder aus, dein Körper soll noch geschont werden. Um drei machen wir eine Stunde lang Entspannungs- und Lockerungsübungen, und um vier beginnt das Rennen. Ich freue mich darauf!«

»Ich auch!«

»Wir sehen uns erst um drei, ich muss vormittags für ein Spring-Turnier üben. Gute Nacht, Andreas, schlaf gut!«

»Schlaf auch gut, Katia!«

Am Freitagnachmittag war es dann endlich so weit. Die besetzten Kutschgefährte befanden sich in Startposition. Lisa würde das Rennen mit einem Pfiff starten, auf der anderen Seite stand

Steffi bereit, um das Signal für den Start in Gegenrichtung zu geben. Andreas war nicht sonderlich nervös, konzentriert und in leichter Anspannung wartete er auf den Startpfiff. Seine Spur war links außen, in der Mitte lief Frank, auf der rechten Seite Harald.

Fest und beherzt umfasste Andreas die Deichselgriffe. Katia zog mit der linken Hand die Zügel stramm und in der rechten hielt sie – wie konnte es auch anders sein – ihre geliebte Peitsche. Frank war – bis auf Socken, Schuhe und Halsband – völlig nackt. Oksana ließ ihn ohne String und Gürtel laufen, die Zügel waren an seinem Halsband befestigt. Sein Körper bot einen erschreckenden Anblick, es gab fast keine Stelle, die nicht mit Striemen überzogen war. Oksana ließ die lange Gerte, mit der Andreas auch schon Bekanntschaft gemacht hatte, immer wieder durch die Luft pfeifen, mit der anderen Hand riss sie fortwährend ruckartig an den Zügeln.

Auf Katias Zeichen hin erfolgte dann der Startpfiff – und los ging es. In zunächst gemäßigtem Tempo glitten die Gespanne gleichmäßig dahin, wobei Frank einen leichten Vorsprung hatte, Andreas und Harald waren auf gleicher Höhe. Die gemessenen Zeiten für die ersten 300 Meter – das war die Strecke hin und zurück – zeigten, dass Andreas weit unter seiner Leistung beim Training geblieben war. Kaum anders gestaltete sich der zweite Durchgang. Beim dritten Lauf musste Andreas eine bessere Zeit erreichen, um Franks Vorsprung auszugleichen. Als Oksana sah, dass Andreas sich an die Spitze setzte, wurde sie nervös und gab Frank die Gerte zu schmecken, sie drosch wie eine Tobsüchtige auf seinen Rücken ein. Harald hielt gut mit, auch er hatte einen leichten Vorsprung vor Frank. Mit ihrer Antreiberei erreichte Oksana aber tatsächlich, dass der Rückstand aufgeholt wurde. Sie hielt ihr Gefährt auf gleicher Höhe mit dem von Katia, wobei sie weiterhin pausenlos mit der Gerte auf Franks Rücken schlug. Unentwegt erscholl dazu ihr enervierendes *Hopp, Hopp, Hopp*. Andreas hatte das Gefühl, die Schläge seien ihm zugedacht. Es war offensichtlich, dass Oksana ihn nervös machen, seinen Rhythmus stören, ihn an sein *Versagen* vom Mittwoch erinnern wollte.

Katia reagierte auf Oksanas Störversuche mit großer Gelassenheit. Sie versuchte nicht Andreas zu größerer Eile anzutreiben, um ihn von Oksana wegzubringen, denn das hätte unnötig Energie aufgezehrt. Genau das war es aber, was Oksana beabsichtigte. Katia klopfte leicht mit der Peitsche auf Andreas' Schulter, nicht, um sein Tempo zu forcieren, sondern um ihn zu beruhigen. Sie wusste, dass er seine volle Leistung erst während des letzten Durchgangs erbringen würde.

Beim Zieleinlauf waren Andreas und Frank gleichauf, Harald folgte mit geringfügigem Abstand.

Dann ging es in die Schlussrunde, und jetzt legte Andreas richtig los, er setzte seine ganze Kraft und Schnelligkeit ein, er flog förmlich davon – »Ein herrliches Gefühl«, wie Katia später begeistert zu ihm sagte.

Oksana musste einsehen, dass es für sie keine Chance mehr gab, das Rennen zu gewinnen. Sie hatte es nicht geschafft, Katias und Andreas' Sieg zu vereiteln. Mit deutlichem Vorsprung ging Andreas ins Ziel, gefolgt von Harald, dem es sogar noch gelungen war, Frank abzuhängen. Alle Zuschauer klatschten, das waren außer den Zofen die Köchinnen und Bodyguards. Der Reihe nach gaben alle – auch Samantha, Harald und Frank – den Siegern die Hand und gratulierten herzlich.

Oksana hatte jegliches Interesse am Geschehen verloren, sie ging wortlos davon, alle sahen ihr nach und schüttelten verständnislos den Kopf. Zwanzig Minuten später war sie bereits abgereist. Sie gehört zweifellos zu den Menschen, die an nichts und niemandem Anteil nehmen. Eine Frau wie sie kann keine Empathie für andere empfinden, denn es gibt nur eine Person, die sie wirklich interessiert, Sie selbst.

Katia freute sich über den Sieg wie ein Kind über seine Weihnachtsgeschenke. »Kommt alle mit in mein Arbeitszimmer«, rief sie fröhlich, »dort stoßen wir mit Champagner an!«

Nach dem Umtrunk, bei dem der Verlauf des Rennens noch einmal lebhaft diskutiert wurde, blieben Lisa und Andreas noch bei Katia, die anderen verabschiedeten sich und machten sich auf den Heimweg. Katia nahm ihren Helm ab, ließ sich von Lisa die Stiefel ausziehen. Dann legte sie Socken, Weste und Hose ab und beglückte Andreas mit dem Anblick ihres nur mit dem Slip bekleideten Körpers. Dieses Glück war jedoch nur von kurzer Dauer, weil Katia hurtig in Jeans und Pulli schlüpfte. Sie ließ Andreas dann Schuhe und Strümpfe ausziehen und nahm ihm Halsband, Gürtel und String ab. Wie am ersten Abend stand er nun wieder völlig nackt vor ihr. In ihrer Freude über den Sieg zog sie ihn an sich, umarmte ihn und klatschte ihm ein paarmal kräftig auf den Po, der von den Ziemerstriemen immer noch übel gezeichnet war. Andreas seufzte vor Schmerz, aber auch vor Wonne, natürlich war er Katia nicht böse, sondern freute sich mit ihr, wohl wissend, dass dieser Tag ihm unvergesslich bleiben würde.

»Jetzt gibt es noch ein süßes Bonbon zum Lohn«, erklärte Katia mit spitzbübischem Lächeln, und sie befahl Andreas: »Streck dich auf der Liege aus – in Rückenlage!«

Das *Bonbon* bestand in einer ausgiebigen Erotik-Massage, bei der Lisa ihn wieder gekonnt stimulierte und dann mit dem

Mund verwöhnte. Als dann auch noch Katia ihn liebkoste, seine Brust mit Küssen bedeckte und ihm sanft in die Brustwarzen biss, verriet sein immer heftigeres Lustgekeuche den allzu schnell nahenden Orgasmus.

Lisa bemerkte es und sagte: »Nein, Andreas, diesmal nicht so, lass es uns jetzt endlich mal richtig miteinander machen! Darf er, Katia?«

»Er kann tun, was er will, genau wie du, er untersteht nicht mehr meinem Kommando.«

»Dann nimm mich jetzt, Andreas, von hinten, ich will es, ich brauche es!«

»Aber nicht hier auf der Liege«, verfügte Katia, »macht es auf meinem Bett da habt ihr mehr Platz.«

Sie gingen in Katias Schlafzimmer, wo Lisa sich sofort vollständig auszog, die Vorfreude ließ sie wollüstig aufseufzen. Sie kniete sich aufs Bett und reckte genüsslich ihr hübsches Hinterteil heraus. Mit wenigen Manipulationen brachte Katia Andreas' Glied wieder auf Vordermann und führte es behutsam in Lisas schlüpfrige Vagina ein. Ächzend und knarrend begleitete Katias Bett die heftigen Vor- und Zurückbewegungen. Katia half ein wenig nach, um die Ekstase der beiden noch zu steigern. Sie streichelte Andreas' Hintern und kraulte ihm ab und zu die Hoden, zudem ertastete und reizte sie Lisas Klitoris. Andreas presste sein Gesicht auf Lisas Rücken, so dass sie seinen wilden, heißen Atem spürte. Er packte mit beiden Händen ihre Brüste und bearbeitete mit geschickten Fingern die steifen Nippel. Fast gleichzeitig kamen beide zum Höhepunkt; Andreas' abgrundtiefes Stöhnen bildete dabei einen reizvollen Kontrapunkt zu Lisas hellen Lustschreien.

Andreas hielt Lisa dann noch eine Weile eng umschlungen, während Katia beruhigend seinen Po tätschelte. Als sein Penis wieder erschlaffte, zog er sich zurück.

Lisa warf sich auf den Rücken und stieß aus: »Oh mein Gott!«

»Das hast du dringend nötig gehabt, nicht wahr, Lisa?«, konstatierte Katia.

»Der Kerl hat mich von Anfang an verrückt gemacht!« keuchte Lisa. »Gestern Abend, als ich ihn massierte, wäre mir fast einer abgegangen! Jetzt kann ich es ja sagen.«

»Mir brauchst du das nicht zu sagen«, versetzte Katia, »glaubst du etwa, ich hätte nicht bemerkt, wie scharf du auf ihn bist?«

»Es ist mehr als das – ich hab mich in den Burschen verknallt. Und du, Andreas, hast es natürlich nicht gemerkt – du hast ja nur Augen für Katia! Man muss ja bloß das Gedicht lesen, das du für sie geschrieben hast!«

»Das mag wohl sein«, antwortete Katia an Andreas' Stelle. Nach einer Pause fuhr sie fort: »Auf jeden Fall wurde Oksana auch in diesem Punkt widerlegt, sie hatte Andreas ja jegliche Männlichkeit abgesprochen.«

Sie schwiegen eine Zeit lang, dann wollte Lisa wissen: »Und du, Katia? Was ist mit dir? Hast du nicht auch Lust?«

»Ich bin heute Abend mit meinem Mann zusammen, da komme ich schon auf meine Kosten, keine Sorge.«

Eine gute Weile lag Andreas noch zwischen den beiden Frauen. Er fühlte sich wunderbar ruhig und gelöst. Es wurde kein Wort gesprochen, jeder hing seinen Gedanken nach. Drei glückliche Menschen, jedenfalls an diesem Tag.

Nach einem Duschbad bekam Andreas seine Sachen wieder ausgehändigt, es gab noch einen gemeinsamen Imbiss – und dann hieß es Abschied nehmen. Katia und Lisa begleiteten Andreas zu seinem Auto.

»Auf Wiedersehen, Andreas«, sagte Katia, »ich werde dich nicht vergessen!«

»Ich dich auch nicht!«

»Ich weiß«, antwortete Katia lächelnd.

»Tschüs Andreas!«, schloss Lisa sich dann an, »wir sehen uns – schon am Montag!«

»Ja«, erwiderte Andreas, »ich freue mich darauf!«

»Bekomme ich auch so ein schönes Gedicht wie Katia?«

»Wenn du es willst, gerne!«

»Und ob ich das will!«

»Dann bekommst du es.«

»Aber du darfst nur Gutes über mich schreiben!«

»Keine Sorge, das werde ich.«

»Lieb von dir. Dafür verspreche ich dir Massagen vom Feinsten!«

Die beiden umarmten und küssten sich, dann stieg er ins Auto und fuhr los. Im Rückspiegel sah er, dass Katia und Lisa ihm nachwinkten, und er betätigte als Antwort die Hupe. Er war glücklich und zugleich traurig – am liebsten wäre er für immer mit den beiden Frauen zusammengeblieben.

Soweit Andreas' Erlebnisse beim Lehrgang *Furioso*. Schon beim ersten Lesen seiner Aufzeichnungen begriff ich, dass die Woche unter der Weiberherrschaft für ihn eine wertvolle Erfahrung war. Sie hatte ihm die Grenzen seiner Belastbarkeit aufgezeigt, aber auch sein Selbstbewusstsein gestärkt. Eine entscheidende Rolle spielte hierbei Katias erzieherisches Talent. Mit ihrer ausgeprägten Fähigkeit, Menschen zu führen und zu beeinflussen, konnte sie ihn aus dem Gefängnis seiner Hemmungen befreien. Eine Frau wie Katia kann ich nur bewundern. Ich beneide sie um die Unbekümmertheit, mit der sie ihre dominante Neigung auslebt. Sie besitzt eine natürliche Autorität und liebt es, ihre Zöglinge zu dressieren – auszureizen, wie weit sie bereit sind, ihr bedingungslos zu gehorchen. Und sie hat ein ausgesprochen sinnliches Vergnügen daran, einen strammen, blanken Männerhintern zu versohlen. Alles das hat Andreas nachhaltig beeindruckt. Und weder hatte er jemals zuvor flagellantische Ekstasen in solcher Intensität ausgekostet, noch Höhenflüge der Wollust erlebt, wie Katia sie ihm bereitet hatte.

Andreas' Erfahrungen eröffneten mir neue und interessante Einblicke in Szenarien der Kategorie *Dominanz und Unterwerfung*. Sie halfen mir zudem dabei, die quälenden Gedanken zu überwinden und das *Perverse* in mir, wovon ich im 2. Kapitel sprach, richtig einzuordnen. Ich konnte jetzt auch Frauen wie Nicole, deren Ausrichtung stark von meiner eigenen abweicht, besser verstehen. Es war ein langer, aber auch höchst spannender Weg bis dahin.

Mein Nebenjob als Domina

Eines Tages lag in unserem Briefkasten ein Schreiben ohne Absender; ich öffnete den Umschlag und las:

Sehr geehrte Frau Haßler,

ich darf mich Ihnen zunächst vorstellen, mein Name ist Richard Kramer, ich bin der Besitzer und Leiter des SM-Clubs Deep Devotion. Wir sind immer noch im Aufbau begriffen, unser nächstes Projekt ist es, ein Domina-Studio einzurichten.

Ich wende mich an Sie, da Sie mir als sehr kompetente Person empfohlen worden sind. Ich weiß, dass Sie sich stark für SM und Flagellantismus interessieren und, als erfahrene Krankenschwester, auch in medizinischen Fragen bewandert sind. Wie wäre es, wenn Sie einmal in die Rolle einer Gastdomina schlüpfen würden, zunächst vielleicht für 3 Monate, um diesbezüglich persönliche Erfahrungen zu machen? Wir würden Ihnen die potentiellen Klienten, die wir für Sie akquirieren, mit Foto und Lebenslauf vorstellen, Sie könnten dann solche auswählen, die Ihnen zusagen. Was das Finanzielle betrifft, Sie bekämen 50 Prozent der fälligen Honorare wöchentlich bar ausgezahlt. Ich würde mich sehr freuen, wenn es zu einer Zusammenarbeit käme und ich Sie überdies bald auch als Mitglied unseres Clubs (für Sie dauerhaft kostenfrei) persönlich begrüßen dürfte!

Mit freundlichen Grüßen

Richard Kramer

Einerseits fühlte ich mich geschmeichelt, dass der Leiter eines SM-Clubs mir ein solches Angebot machte. Andererseits war ich auch wütend. »Sie sind mir als sehr kompetente Person empfohlen worden« – das konnte nur meine Freundin Nicole

gewesen sein, die Mitglied des Clubs ist. »Na warte, du hinter-
hältiges Luder!«, schimpfte ich laut. Ich rief sie sofort auf ihrem
Handy an und stellte sie zur Rede: »Sag mal, Nicole, bist du
total übergeschnappt?!«

»Was, wieso?«

»Der Leiter des Clubs Deep Devotion hat mir geschrieben, ich
soll dort als Gastdomina arbeiten, ich sei ihm empfohlen worden, das habe ich doch dir zu verdanken, streite es ja nicht ab!«

»Tue ich ja gar nicht.«

»Du bist wohl völlig plemplem! Was fällt dir ein, sowas zu
machen, ohne mich vorher zu fragen? Du verdienst eine Tracht
Prügel!«

»Vanessa, wenn ich dich vorher gefragt hätte, wäre das doch
sinnlos gewesen! Du hättest mich doch sofort abgewürgt! Wenn
der Clubleiter dich persönlich anschreibt, macht das wesentlich
mehr Eindruck auf dich! Du bist doch so wissbegierig, wenn es
um Sadomaso und Rollenspiele und das alles geht! Was spricht
dagegen, so etwas einmal selber auszuprobieren? Vor ein paar
Wochen hast du mich gefragt, wie du wohl ohne mich an Stoff
für deine Storys kommen solltest. Ich sagte dir, dass du selbst
mal aktiv werden musst. Jetzt hättest du doch die Gelegenheit
dazu! Herr Kramer hat mich übrigens auch schon als Domina
verpflichtet, auch zunächst für drei Monate, wir wären also
dauernd in Kontakt. Ich freue mich schon riesig darauf, endlich
mal wieder Männer vermöbeln zu können! Ich würde dir auch
als Zofe assistieren, wenn du es möchtest. Ach ja, und außerdem verdienst du eine schöne Stange Geld!«

»Nicole, du bist unmöglich! Du weißt doch, dass ich für einen
solchen Job überhaupt nicht geeignet bin!«

»Nein, das weiß ich nicht, Vanessa, und das glaube ich auch nicht! Ich würde sagen, überleg dir das alles erst einmal, besprich es in Ruhe mit deinem Mann und überschlafe es. Lass uns morgen wieder telefonieren, dann sagst du mir, wie du dich entschieden hast. Und dass ich eine Tracht Prügel verdient habe, sehe ich voll und ganz ein! Als du das vorhin gesagt hast, habe ich zu zittern angefangen!«

»Doch wohl kaum vor Angst.«

»Nein, vor Geilheit!«

Ich gab darauf keine Antwort, sondern sagte: »Also gut, ich überlege mir das. Ruf mich morgen Abend wieder an.«

Als Sebastian nach Hause kam, zeigte ich ihm gleich den Brief und erzählte auch von meinem Gespräch mit Nicole. »Natürlich mache ich das nicht!«, sagte ich, »du würdest es ja auch niemals zulassen.«

»Eigentlich schade«, meinte Sebastian, »das wäre doch mal etwas Neues für dich!«

»Ach so!« gab ich giftig zurück, »es ist dir egal, was ich mit splitternackten Männern in deiner Abwesenheit anstelle, ob ich sie wer weiß wo, anfasse, sie auspeitsche, foltere und was sonst noch alles?! Ich kann es nicht glauben!«

Ich war enttäuscht und verletzt. Ich hatte erwartet, dass Sebastian mich barsch zurechtweist, mich schallend links und rechts ohrfeigt, weil ich auch nur mit dem Gedanken gespielt hatte, mich auf derartige Aktionen einzulassen.

Er versuchte, mich zu beschwichtigen: »Aber so schlimm ist das doch nun auch wieder nicht! Und nackte Männer bekommst du auch in der Klinik zu sehen!«

»Das ist doch ganz was anderes! Und was heißt hier nicht schlimm? Das ist ja die Höhe! Jetzt sehe ich endlich mal, was Sache ist. Ich bin dir vollkommen gleichgültig, jawohl, es kann doch gar nicht anders sein! Nach so vielen gemeinsamen Jahren bin ich nur noch ein Putzlappen für dich!«

Ich schlug die Hände vors Gesicht und begann heftig zu weinen.

»Dann lass es bleiben!«, sagte mein Mann, »der Club findet doch bestimmt eine andere Gastdomina. Und wenn ich dir so etwas erlaube, dann zeigt das doch nur, dass ich Vertrauen zu dir habe. Ich wüsste doch, dass du nichts tun würdest, was ich nicht gutheißen könnte. Nicht eine Sekunde lang würde ich daran zweifeln!«

Natürlich hatte Sebastian recht. Ich leide an krankhafter Eifersucht, was eine ziemliche Belastung für unsere Ehe darstellt. Und meine Eifersucht hatte mir wieder einmal einen bösen Streich gespielt. Es wäre unerträglich für mich, wenn mein Mann sich in meiner Abwesenheit auf irgendwelche SM-Aktionen mit anderen Frauen einließe. Deshalb hatte ich wie selbstverständlich von ihm die gleiche Reaktion erwartet.

»Es tut mir leid«, sagte ich, nachdem ich eine Weile vor heftigem Schluchzen überhaupt nicht hatte sprechen können, »ich weiß nicht, was wieder in mich gefahren ist. Komm, bestraf mich dafür, ich habe es verdient, es muss mal wieder sein. Versohl mir den nackten Arsch!«

»Es muss wohl mal wieder ganz exemplarisch sein, nicht wahr?«, versetzte Sebastian.

»Ja, muss es! Mit dem Rohrstock!«

Es folgte der Dialog, der in unserer Ehe mittlerweile als Running Gag fungiert, weil er seit Jahren vor jeder Strafaktion in gleicher Weise abläuft. Mein Mann fragt: »Wie heißt es doch so schön bei Wilhelm Busch?« Ich antworte: »Mal fünfundzwanzig, nach altem Brauch.« Darauf mein Mann: »Richtig geraten, so kommt es auch!« Soweit Wilhelm Busch, dann suche ich selber einen Rohrstock aus und überreiche ihn meinem Mann. Ich entkleide mich unaufgefordert, trete hinter einen Ledersessel, beuge mich über die Lehne und stütze mich mit den Händen auf der Sitzfläche ab. Dann wird es ernst. Es gibt keine Vorbereitung, kein Vorwärmen, der erste Hieb pfeift herunter, von dem ich nie weiß, wie hart mein Mann ihn erteilt. Auf jeden Fall zieht er die Schläge kräftig durch – was ich einstecken muss, hat sich gewaschen. Schlimmstenfalls befiehlt er auch noch: »Laut mitzählen!«, was eine nicht zu unterschätzende Strafverschärfung bedeutet.

So war es auch an diesem Abend. Von jetzt auf gleich war ich wieder das ungezogene Schulmädchen, und als Sebastian hinter mich trat und den Stock durch die Luft pfeifen ließ, entlockte mir das ein wollüstiges Aufstöhnen. Mich juckte das Fell wie selten zuvor, deshalb reckte ich wollüstig meinen strafgeilen Hintern heraus. Mein Mann tätschelte und knetete zunächst wieder meine Kehrseite, um sich am reflexartigen Springen meiner Gesäßmuskulatur zu erfreuen. Dann sauste der Rohrstock herunter – immer und immer wieder – eine gute halbe Stunde lang. Mein Mann unterbrach die Züchtigung lediglich einige Male, um mich in strengem Tonfall auszuschimpfen und zu ermahnen. Dieses verbale Kopfwaschen brauche ich genauso regelmäßig wie die Züchtigungen, es ist für mich ein wichtiges Verhaltensregulativ.

Die letzten Schläge zog Sebastian mir auf die Oberschenkel, weil ich auf meinem verschwollenen, taub gedroschenen Hintern schon fast nichts mehr spürte. Der heftige Schmerz an den unbehandelten Stellen ließ mich gellend aufkreischen. Wir hatten uns beide in einen flagellantischen Rausch gesteigert, und erst als ich »Aufhören, ich kann nicht mehr!« schrie, ließ der Rohrstock von seiner Arbeit ab und mein Mann legte das heiß geliebte Instrument beiseite. Nach meiner Bestrafung folgte – wie üblich – die Bitte um Verzeihung, ich entschuldigte mich unter Tränen für meinen Gefühlsausbruch und versprach, meine Emotionen künftig besser im Zaum zu halten. Wie nach der kirchlichen Beichte wurde ich dann von meinem Mann *absolviert* und es folgte die süße, ach so süße Versöhnung.

In der Folgezeit war dann das Sitzen wieder ziemlich schmerzhaft, doch ich wusste, dass die Striemen auf meinem Hintern nach fünf bis sechs Tagen verschwunden sein würden. Dass dem so ist, liegt an der langen Gewöhnung. Seit mehr als drei Jahrzehnten sind Rohrstock und Peitsche ja stete und treue Begleiter in meinem Leben, gefürchtet, gehasst – und geliebt!

Nicoles Rat folgend, wartete ich bis zum nächsten Tag mit meiner Entscheidung und überdachte das Für und Wider des Angebotes, das der Club Deep Devotion mir gemacht hatte. Schließlich siegte meine Neugier und ich entschloss mich, es anzunehmen und schickte eine schriftliche Zusage an Herrn Kramer. Ich musste dann einen Vertrag unterschreiben, darin ließ ich allerdings festhalten, dass ich berechtigt war, jederzeit ohne Angabe von Gründen fristlos zu kündigen. Ferner bestand ich auf einer Klausel, wonach ich Praktiken, die zu gravierenden oder gar bleibenden Schäden führen könnten, grundsätzlich ablehnte und nicht anwenden würde – auf diesen Punkt werde ich später noch näher eingehen.

Das übliche Honorar, das ein Studiogast für eine ein- bis dreistündige Session zu entrichten hatte, betrug zwischen 400 und 800 Euro, es richtete sich nach seinen Wünschen. Wollte er als Abschluss eine Handentspannung, so hatte sich Nicole als meine Zofe bereiterklärt, das zu übernehmen. Für zusätzliche 300 Euro stand sie auch für normalen Verkehr zur Verfügung. Dieses Geld musste vom Gast direkt an sie gezahlt werden, es gehörte ihr ganz alleine.

An einem Freitagnachmittag war es so weit, ich wartete im *Bestrafungsraum* des Clubs auf meine erste Klientin. Ich trug Jeans und ein ärmelloses Top, was mir die nötige Bewegungsfreiheit sichern sollte. Im Zimmer stand ein Schreibtisch mit Drehsessel, auf dem ich Platz genommen hatte, vor dem Schreibtisch stand ein hölzerner Stuhl. An einer Wand zwischen zwei Fenstern befand sich ein Strafbock, seitlich davon stand ein Sofa. Von der Decke herab hing eine *Papageienschaukel*, das ist eine Stange an zwei Ketten, die mittels Kurbel höhenverstellbar ist. Ferner gab es eine mittelalterliche Streckbank, das bei Masochisten äußerst beliebte Andreaskreuz, und an einem langen Brett hingen Peitschen, Gerten, Paddles, Riemen, Ledermasken, Teppichklopfer in verschiedenen Größen und ein riesiger Ochsenziemer. Aus einer Bodenvase ragten Rohrstöcke in unterschiedlichen Stärken und Längen heraus.

Als es an der Tür klopfte, rief ich »Herein!«, und es erschien eine gepflegt wirkende Frau im gut sitzenden Kostüm. Sie sah mich kurz an und senkte dann verlegen den Blick.

»Setz dich!«, forderte ich sie auf, indem ich auf den hölzernen Stuhl deutete. Ich nahm dann ihre Karteikarte in Augenschein und las vor: »Sonja, dreißig Jahre alt, Beruf: Verwaltungsangestellte. Sie hat ihren Ehemann mit einer Frau betrogen, es plagen sie deshalb Gewissensbisse und sie möchte bestraft werden. Das hast du beim Vorgespräch im Sekretariat des Clubs so angegeben. Ist das richtig?«

»Ja, leider!«, antwortete Sonja mit mädchenhaft heller Stimme, »dabei bin ich überhaupt nicht lesbisch!«

»Erzähl mir, wie es dazu gekommen ist!«, forderte ich sie auf.

»Wir hatten unseren Betriebsausflug, ich arbeite bei der Stadtverwaltung, wir hatten alle gute Laune und es ging auch ganz schön feucht-fröhlich zu. Ich hatte mich schon sehr bald mit einer neuen, unheimlich netten Kollegin angefreundet.«

»Und?«

»Ja, und abends sind wir dann noch zu Kirsten – so heißt sie – in ihre Wohnung auf eine Tasse Tee gegangen, und weil ich sehr müde war, schlug mir Kirsten vor, bei ihr zu übernachten und ich stimmte zu. Natürlich habe ich meinen Mann angerufen, ich habe ihm gesagt, ich hätte zu viel getrunken und könnte nicht mehr Auto fahren. Das war gelogen, denn ich trinke nur selten und ganz wenig Alkohol. Er wollte mich dann abholen, doch ich sagte, dass das nicht nötig sei, weil ich mich bei Kirsten bestens aufgehoben fühlte. Tja, und dann lagen wir irgendwann nackt im Bett. Aber es ist eigentlich gar nichts passiert, wir haben nur ein bisschen geknutscht und gefummelt.«

»Bist du zum Höhepunkt gekommen?«

»Nein.«

»War es schön?«

»Oh ja, das ist ja das Komische! Dabei ist meine Ehe durchaus in Ordnung. Mein Mann liebt mich, er vergöttert mich oder auf gut Deutsch, er trägt mir den Hintern nach.«

»Vielleicht sollte er dir den Hintern mal versohlen!«

»Das habe ich auch schon oft gedacht, aber das könnte er niemals tun. Wir haben uns eigentlich auch noch nie gestritten. Dabei gehöre ich zu den Menschen, denen man ab und zu gewaltig die Leviten lesen muss, das weiß ich schon lange! Auch mein Vater hat mich nach Strich und Faden verwöhnt, das tut er immer noch, er ist genauso lieb und weich wie mein Mann.«

»Das reicht«, sagte ich barsch, »ich habe genug gehört! Du bist also die Prinzessin, die alles bekommt, was sie will - die machen kann, was sie will und die niemals Konsequenzen fürchten muss. Ich halte mal fest - du hast deinen Mann betrogen und dazu auch noch dreist belogen! Die Ausreden, die du aufgetischt hast, würden zu einer unreifen Göre passen!«

»Was werden Sie jetzt mit mir machen?«

»Du kannst mich duzen, ich duze dich ja auch.«

»Ist gut.«

»Nun«, fuhr ich fort, »da du ja ein schlechtes Gewissen hast, ist bei dir noch nicht Hopfen und Malz verloren und man kann noch erzieherisch auf dich einwirken. Als erste Maßnahme gibt es jetzt eine Tracht auf den Po, das hast du doch schon so lange vermisst, nicht wahr?«

»Oh mein Gott!«, rief sie aus, »ich habe noch nie in meinem Leben Schläge bekommen!«

»Eben! Und deshalb ziehst du dich jetzt aus! Deine Sachen legst du dort aufs Sofa!«

Sonja gehorchte ohne Protest, sie schien sich nicht einmal zu schämen. Als sie dann nackt vor mir stand, begutachtete ich ihren Körper. Sehr schlank, kleine Brüste, schmale, fast knabenhaft anmutende Hüften, der runde, feste Po hätte einer Vierzehnjährigen gehören können und ihre Muschi zierte ein niedlicher, gestutzter Flaum.

Ich ergriff den hölzernen Stuhl, stellte ihn in die Mitte des Raumes und nahm darauf Platz. Dann klopfte ich auf meinen Schenkel und befahl: »Leg dich über meinen Schoß!«

Wieder gehorchte sie anstandslos.

»Stütz dich mit den Händen am Boden ab!«, ordnete ich an, dann rückte ich sie noch ein wenig zurecht, bis sich ihr Po schön nach oben herauswölbte. Ich zwickte und tätschelte die strammen Backen zunächst sanft und dann zunehmend kräftiger, ich wollte einschätzen, was sie aushalten konnte.

»Nicht die Muskeln anspannen!«, sagte ich streng. Ich spürte deutlich, dass sie Angst vor den bevorstehenden Schlägen hatte. Dann begann ich mit der Züchtigung. Ich schlug schwungvoll, aber nicht allzu hart im Sekundentakt mit der flachen Hand auf ihr Hinterteil; sie quittierte jeden Hieb mit einem kurzen »Au«. Nach etwa zwanzig Klatschern hörte ich auf und fragte sie: »Na, wie gefällt dir das?«

»Herrlich ist das!«, stieß sie hervor, »mach bitte weiter!«

»Soso, herrlich ist das!«, fauchte ich böse, »und ich soll bitte weitermachen! Na warte, Fräulein, und ob ich bitte weitermache!«

Ich war wütend, weil sie sich so unbeeindruckt zeigte. Nun sollte sie meine Handschrift kennenlernen! Ich schlug mit voller Kraft – immer links, rechts – auf ihren Po, sodass es nun grell und scharf klatschte und knallte. Sie schrie gellend und strampelte wild mit den Unterschenkeln, doch ich machte unverdrossen weiter und hörte erst auf, als meine Handfläche wie Feuer brannte. Ich streichelte noch eine Weile ihre glühenden Globen, dann befahl ich: »Komm hoch!«

Sie gehorchte wieder sofort und stand dann keuchend vor mir; ihr Gesicht war so rot wie ihr Hintern.

»Das hat verdammt wehgetan!«, brachte sie mit halb erstickter Stimme hervor – sie war den Tränen nahe.

»Ach, wirklich?«, antwortete ich, »was du nicht sagst!«

Ich ließ sie noch ein paar Minuten so stehen und betrachtete amüsiert, wie sie mit beiden Händen ihre Pobacken massierte. Schließlich befahl ich: »Zieh dich an! Eigentlich hättest du noch Rohrstocksenge verdient, aber wir lassen es für heute mal gut sein.«

Als Sonja wieder angezogen war, sagte ich zu ihr: »Komm her!« Ich zog sie an mich und umarmte sie, worauf sie ihre Wange an meine Schulter schmiegte. Wieder streichelte ich ihre Kehrseite, die so heiß war, dass ich es durch ihren Rock spüren konnte. Plötzlich begann sie zu weinen, und schluchzend stieß sie aus: »Es tut mir alles so leid, ich schäme mich so! Wie konnte ich meinem Mann das nur antun! Ich werde ihm alles beichten!«

»Bevor du das tust, sprechen wir noch einmal miteinander«, beschwichtigte ich sie, »die Sache bedarf noch einer weiteren Erörterung. Ich erwarte dich morgen um drei in meiner Wohnung, wir sind dann ganz unter uns, mein Mann ist den ganzen Tag nicht da. Geht das?«

»Klar! Du bist also verheiratet?«

»Ja, und wohl schon etwas länger als du«, sagte ich lächelnd und gab Ihr ein Kärtchen mit meiner Privatadresse.«

Am nächsten Tag erschien Sonja dann pünktlich um drei in unserer Wohnung.

»Na, wie geht's dir?«, wollte ich wissen, »genauer gefragt, wie geht's deinem Hintern?«

»Mir geht es erstaunlich gut«, entgegnete sie, »aber mein Hintern sieht ziemlich schlimm aus!«

»Mach dich mal untenrum frei und knie dich dort in den Sessel!«, befahl ich ihr und wieder gehorchte sie ohne Wenn und Aber.

»Oh je!«, entfuhr es mir, als sie mir ihre blanke Kehrseite präsentierte, denn die war noch beeindruckend von dem harten Spanking gezeichnet, das ich ihr tags zuvor hatte angedeihen lassen. Während ich ihre Pobacken prüfend abgriff, sagte ich zu ihr: »Tut mir leid, Sonja, mein Temperament ist wohl mal wieder mit mir durchgegangen. Aber du hast es auch herausgefordert! Ich massiere dir jetzt mal ein Gel ein, das kühlt schön und lässt die Schwellungen und blauen Flecke rasch verschwinden.«

Während ich sie wie angekündigt bearbeitete, bemerkte ich: »Du hast einen hübschen Hintern!«

»Nun hör aber auf«, sagte sie, »er ist nicht annähernd so schön geformt wie deiner!«

»Aber er passt zu dir«, gab ich zurück, »und er ist schön fest.«

»Das kommt vom Tennisspielen«, sagte sie, »das geht unheimlich auf die Muskulatur, alle Tennisspielerinnen haben feste Popos.«

»Soll ich dir mal ein Geheimnis verraten?«

»Oh ja, tu das bitte, Vanessa!«

»Wenn du deinen Po in Form halten willst, dann lass dir ab und zu eine tüchtige Tracht verabreichen. Es ist das einzige Mittel, das Cellulite verhindern kann. Und auch verschwinden lassen kann. Gut, das ist jetzt noch kein Thema für dich, aber wenn du mal die Vierzig überschritten hast, kann es eins werden. Es gibt auch junge Mädchen, die diese Hautstruktur bereits aufweisen, meistens sind sie nicht so ganz schlank. Es ist teilweise Veranlagung, ich finde das eigentlich auch gar nicht so schlimm, Cellulite gibt es bei Frauen so häufig wie die Glatze bei Männern.«

»Mein Mann kriegt auch schon eine Glatze, das stört mich überhaupt nicht«, sagte Sonja.

»Eben. Aber manche tragen Perücken oder lassen sich Haare implantieren, und Millionen Frauen kämpfen gegen Cellulite und geben eine Menge Geld für Cremes oder sonst was aus, natürlich ohne Erfolg. Wie gesagt, regelmäßig Dresche auf den nackten Arsch, am besten mit einer Birkenrute, einem Paddle oder mit einer Klopfpeitsche, das wirkt am besten.«

»Was ist ein Paddle?«

»Das ist eine Lederklatsche mit einem Griff daran. Gibt es auch aus Kunststoff, aber echtes Leder ist besser. Die Sachen bekommst du in einem Sex-Shop oder übers Internet. Eine Rute kann man auch selber anfertigen, wenn du willst, machen wir das mal zusammen, dann können wir sie auch gleich ausprobieren.«

»Das hört sich alles unheimlich spannend an!«

»Ist es auch. Und vor allem schön. Wenn du erst mal auf den Geschmack gekommen bist, möchtest du es nicht mehr missen.«

»Oh Vanessa, das ist prima, dass wir uns kennengelernt haben! Ich mag dich total gerne! Ich wünsche mir von Herzen, dass wir Freundinnen werden!«

»Sind wir doch schon! Hätte ich dich sonst zu mir nach Hause eingeladen? Dass ich dich nicht abgrundtief hasse, das dürftest du doch gemerkt haben.«

»Habe ich.«

»Na siehst du. So, jetzt lässt du das Gel noch ein paar Minuten einziehen, dann kannst du dich wieder anziehen, es macht keine Flecken in der Unterwäsche. Wenn du willst, treffen wir uns jetzt regelmäßig, mal sehen, was daraus wird. Und wenn du ein bisschen abgehärtet bist, wirst du auch einmal den Rohrstock zu spüren bekommen, vielleicht von meinem Mann, der übernimmt nämlich gerne den aktiven Part. Weißt du, ich bin zwar eine passionierte Flagellantin, aber weitestgehend passiv ausgerichtet.«

»Wenn du passiv ausgerichtet bist, warum trittst du dann als Domina auf?«

»Man hat mich dazu überredet. Es hat mich einiges an Überwindung gekostet. Aber mit dir hat es mir ausgesprochen gut gefallen!«

»Bin ich auch eine Flagellantin?«

»Das weiß ich nicht, Sonja, immerhin spricht einiges dafür. Als ich dich gestern im Club rangenommen habe, warst du begeistert, du sagtest, es sei herrlich und ich solle weiter machen.«

»Es hat aber dann höllisch wehgetan. Aber es stimmt, ich war zuerst schockiert, doch nachher zu Hause habe ich mich total gut gefühlt.«

»Das wäre ein weiterer Hinweis darauf.«

Als Sonja sich wieder angezogen hatte, sprachen wir bei einer Tasse Kaffee noch einmal über den eigentlichen Anlass ihres Besuches im Studio. Ich riet ihr: »Wenn das mit Kirsten ein einmaliger Ausrutscher war, solltest du deinem Mann nichts erzählen. Es sei denn, du willst dich auf eine Beziehung mit ihr einlassen. Dann sind aber Probleme vorprogrammiert, du bist heterosexuell, und wenn deine Kollegin rein lesbisch ist, könnt ihr beide nicht dabei glücklich werden, mal ganz abgesehen davon, dass du verheiratet bist. Also überlege dir sehr gut, was du machst!«

»Das werde ich!«

»Lass uns auf jeden Fall in Kontakt bleiben, ich würde gerne auch deinen Mann kennenlernen!«

»Ich deinen auch, Vanessa!«

»Wir können ja mal zusammen essen gehen. Und jetzt bekommst du von mir noch zweihundert Euro, das ist die Hälfte des Geldes, das du im Studio bezahlt hast. Ich möchte an dir nichts verdienen, zumal wir uns jetzt privat getroffen haben. Die andere Hälfte ist natürlich weg.«

»Okay, das ist dann das Bußgeld für meinen Sündenfall.«

»Sehr gut, ich sehe, du hast Humor.«

Ich verabschiedete mich dann von Sonja in dem guten Gefühl, dass unsere beginnende Freundschaft sich zu etwas sehr Wertvollem und Schönem entwickeln würde.

Als ich zum ersten Mal einen Mann bestrafte, war das natürlich von besonderer Bedeutung für mich. Malte, ein 28-jähriger Altenpfleger, hatte einer an Demenz erkrankten Dame Geld gestohlen. Es plagten ihn deshalb heftigste Schuldgefühle. Zudem litt er unter der ständig wiederkehrenden Phantasie, er würde dafür angezeigt, verhaftet und auf der Polizeiwache unter der Folter scharf verhört (was in gewissen anderen Ländern heute immer noch üblich ist). Diese Zwangsvorstellung verfolgte ihn auch nachts im Traum – er wachte dann laut schreiend auf. Er hielt es zu guter Letzt nicht mehr aus und meldete sich im Club Deep Devotion in der Hoffnung, dass der Vollzug einer Körperstrafe ihn von seiner Schuld befreien würde. So geriet er an mich und stand schließlich wie ein Häufchen Elend vor mir. Ich hatte mir für die Session aus dem Kostümfundus des Clubs eine passende Polizeiuniform mit Schirmmütze ausgesucht und angezogen. Beim Verhör gestand mir Malte, dass er sich leichtsinnig verschuldet habe und deshalb zum Dieb geworden sei. Erstaunlicherweise fand ich ihn gar nicht mal unsympathisch, ich gewann den Eindruck, dass es sich bei ihm um eine einmalige Entgleisung gehandelt hatte, er hätte sonst keine derartigen Gewissensbisse haben können. Ich spürte seine ehrliche Reue und nahm ihm das Versprechen ab, das Geld zurückzuzahlen. Dessen ungeachtet war ich ernsthaft böse wegen seiner hinterhältigen Tat, deshalb bestrafte ich ihn sehr hart. Dazu musste er sich vollständig ausziehen, dann verpasste ich ihm Handschellen, schloss sie an eine der herabhängenden Ketten und kurbelte ihn so hoch, dass er sich gerade noch mit den Zehen am Boden abstützen konnte. Schlimm war, dass ich den Kerl auch noch körperlich attraktiv fand, was mich aber nur noch wütender machte. In sehr strengem Ton sagte ich zu ihm: »So, mein Junge, jetzt kriegst du solche Dresche, dass dir die Lust zu stehlen für immer vergeht!« Ich zog ihm dann fünfzig Peitschenhiebe über den nackten Rücken. Meine Wut feuerte mich dabei gewaltig an und ließ die Strafe für ihn richtig schlimm werden; sein verzweifeltes, durchdringendes Gebrüll mit überschnappender Stimme bewies das zu meiner tiefen Genugtuung. Ich erschrak darüber, dass ich fähig war, den Burschen so gnadenlos und kaltblütig durchzuprügeln. Als die Schläge aufgezählt waren, zog ich langsam und genüsslich die Peitsche durch die Finger und betrachtete befriedigt die aufgeschwollenen Striemen, die wie dicke Stricke kreuz und quer über seinen Rücken liefen. Ich bin davon überzeugt, dass er diese Lektion niemals vergessen wird.

Zum ersten Mal in meinem Leben hatte ich einen Mann gezüchtigt. Ich könnte nicht sagen, dass es mich besonders angetörnt hätte, der einzige Affekt, an den ich mich erinnere, ist meine Wut, die mich die Peitsche mit derartiger Verve hat schwingen lassen.

Originell fand ich einen 70-jährigen Herrn namens Helmut, der als Schuljunge für schlechte Noten immer von seiner Mutter Schläge mit dem Teppichklopfer bezogen hatte. Für eine Vier gab es vierzig auf den stramm gezogenen Lederhosenboden, für eine Fünf dreißig *auf den Blanken*, für eine Sechs kassierte er jedes Mal sechzig Hiebe – dreißig auf die Lederhose und dann noch dreißig auf den nackten Hintern. Nun, nach gut einem halben Jahrhundert – seine Mutter war schon vor langer Zeit verstorben –, wollte er das mit mir wiederholen. Er brachte dazu tatsächlich die speckige und abgewetzte Lederhose mit, die er bis zum fünfzehnten Lebensjahr an Wochentagen getragen hatte. Auch die alten Volksschulzeugnisse legte er mir vor, die schlechten Noten hatte er mit Textmarker gekennzeichnet. Ich spielte dann die strenge Mutti, schimpfte ihn lautstark aus, rügte ihn für seine Faulheit und verkündete anschließend das Strafmaß. Hierauf befahl ich ihm, sich ohne Unterhose in die Lederhose zu zwängen, was ihm auch gelang, denn das Leder war im Laufe der Jahre geschmeidiger und auch dünner und dehnbarer geworden.

»Über den Bock!«, lautete mein nächster Befehl. Helmut gehorchte und ich nahm einen kleinen, jedoch durchzugsstarken Klopfer von der Wandhalterung. Ich positionierte mich seitlich hinter dem Strafbock und verpasste ihm kräftige Hiebe, erst auf die Lederhose und dann auf den Blanken. Ich musste mich dabei wirklich anstrengen, denn der alte Knabe konnte eine Menge aushalten. Nach dem Vollzug war seine *Straffläche* bizarr gemustert und auch richtig böse verschwielt, das Farbspektrum der Schlagspuren reichte von tiefrot über grün und blau bis violett und fast schwarz. Ich bog den braunen Ausklopfer hin und her, so dass er knarrte, und hielt Helmut noch einmal eine geharnischte Predigt: »So, das hat gesessen, nicht wahr? Das hast du richtig schön gespürt! Lass dir das eine Lehre sein! In den nächsten Tagen wirst du oft an mich denken, besonders beim Hinsetzen. Dabei war ich diesmal noch nachsichtig mit dir! Du kannst froh sein, dass du nicht die volle Anzahl der Hiebe bezogen hast, die du eigentlich verdient hättest. Merk dir eins, wenn du noch einmal mit einem derartig miserablen Zeugnis nach Hause kommst, dann kenne ich kein Erbarmen mehr! Dann beziehst du Dresche, bis du zu lachen anfängst. Deine jämmerlichen Leistungen fallen schließlich auf mich zurück. Was müssen deine Lehrer von mir halten? Diese Mutter hat ihren Jungen nicht im Griff und lässt sich von ihm auf dem Kopf rumtanzen! Das hat zwar noch keiner zu mir gesagt, aber das denken sie. Doch das wird jetzt anders, mein Bürschlein, das kann ich dir flüstern! Du hast ab sofort vier Wochen Stubenarrest. Du gehst zur Schule, und wenn du zurück bist, wirst du in deinem Zimmer eingesperrt. Da kannst du erst einmal über deine himmelschreiende Faulheit nachdenken. Aber dann wirst du büffeln und lernen, drei Stunden lang! Ich werde das kontrollieren, jeden Tag, und wenn du nicht aufs Wort gehorchst, wenn ich nicht hundertprozentig mit dir zufrieden bin, dann gnade dir Gott!« Hierauf versprach Helmut hoch und heilig Besserung. Bereits drei Wochen später trat er wieder zur Abstrafung bei mir an, ich hatte also bereits meinen ersten Stammkunden.

Einen makaber anmutenden Fall möchte ich noch erwähnen. Ernst, ein 42-jähriger Banker, erzählte mir, er sei der Enkel eines ehemaligen KZ-Aufsehers, sein Großvater habe von 1938 bis 1943 im Konzentrationslager Buchenwald in Thüringen *politische Häftlinge* verhört und dabei gefoltert. Offenbar litt Ernst an der Wahnvorstellung, er habe die Schuld seines Großvaters geerbt und sei mitverantwortlich für das Leid, das unschuldigen Menschen zugefügt worden war. Er wollte sich deshalb selbst einer solchen Prozedur unterziehen und so seine Schuld tilgen. Bei den Häftlingen im Konzentrationslager hatte es sich zumeist um Personen gehandelt, die sich kritisch über das Nazi-Regime geäußert hatten und deshalb denunziert worden waren. Die Verhöre zielten darauf ab, die Namen von Mitwissern und Mitverschwörern zu erfahren. Nach dem Kommando *Vernehmung bis zur Aussage* spannte man den *Volksschädling* auf die Papageienschaukel, die ich ja bereits beschrieben habe, denn das Strafzimmer des Clubs war auf diese Verhörmethode eingerichtet. Ich war noch ein Schulkind, als ich im Bücherregal meines Vaters ein Buch fand, das Foltermethoden beschreibt. Darin wird auch das Verhör auf der Schaukel beschrieben.

In meiner Erinnerung musste sich der nackte Häftling auf den Boden setzen und die gefesselten Hände über die angezogenen Knie herabdrücken. Die Hände wurden an die ebenfalls gefesselten Füße geschlossen. Zwischen Armbeugen und Kniekehlen wurde dann die Stange der Schaukel geschoben und an deren Enden die herabhängenden Ketten befestigt. Alsdann zog man den Häftling hoch, bis er mit dem Kopf nach unten in der Luft baumelte. Auf diese Weise aufgehängt zu sein, bedeutete schon eine schlimme Tortur, doch dann schlugen die Aufseher mit Ochsenziemern auf das Gesäß, auf die Hoden, die Schenkel, die Waden und auf die Fußsohlen, bis der Gemarterte schließlich – halb wahnsinnig vor Qual – die Namen und Adressen irgendwelcher Personen nannte. Diese wurden dann verhaftet und ebenfalls verhört.

Ich habe tatsächlich die schwarze Uniform einer KZ-Aufseherin angezogen, den Mann auf die Schaukel gespannt und verhört; Nicole übernahm dabei die Rolle der Protokollführerin. Ernst bezog von mir Schläge mit dem Ochsenziemer; ich vermied es jedoch sorgfältig, seine Hoden zu treffen.

Ich stellte die konstruierten Fragen und bekam die darauf abgestimmten Antworten. Während und auch nach dem Verhör war Ernst stark erregt, sein erigierter Penis zeigte es deutlich. Erst, als Nicole ihn mit der Hand zum Orgasmus gebracht hatte, löste ich seine Fesseln und ließ ihn von der Schaukel.

Im Nachhinein bin ich davon überzeugt, dass Ernst die Geschichte vom KZ und dem Großvater erfunden hatte, es handelte sich bei ihm wohl lediglich um eine seit Jahren bestehende Masturbationsphantasie, die er endlich einmal ausleben wollte.

Die Session mit Ernst war die letzte meiner Aktionen als Domina. Ich wusste nun, dass ich für diese Rolle nicht geeignet bin. Es gibt einen alten Artistenspruch, er lautet: »Was ich nicht kann, das lass ich!« Der Kabarettist Hanns Dieter Hüsch hat daraus einen Reim gemacht: »Was ich nicht kann, macht mich nicht an!« Mein Mann, der ja Musiker und auch Musikpädagoge ist, hat mir den Sinn dieses Spruches einmal erklärt. Es ist einerseits eine Binsenweisheit, es steckt aber auch eine tiefere Wahrheit darin, denn jemand, der permanent einen ungeliebten Beruf ausübt, kann dadurch kreuzunglücklich werden. Ich möchte nun nicht behaupten, dass die Zeit im Club mir gar nichts gebracht hat; hätte ich Herrn Kramers Angebot abgelehnt, wäre mir sicher eine Menge entgangen und ich hätte Sonja nicht kennengelernt. Wenn ich mich auch manchmal gewaltig überwinden musste, so hat es sich doch gelohnt!

Ich hatte also gelernt, oder besser, bestätigt bekommen, dass eine Affinität zu SM im Leben sehr vieler Menschen eine Rolle spielt. Und das Verlangen nach körperlicher Züchtigung ist ungemein verbreitet. Wenn ich nun nach den drei Monaten im

Club eine Bilanz dieser Tätigkeit ziehe, dann ist diese naturgemäß sehr subjektiv, sie hat aber doch eine gewisse Aussagekraft. Demnach kann ich die Studiogäste in vier Kategorien bzw. vier Grundtypen einteilen.

Typ 1: Er geht aus einem echten Strafbedürfnis heraus zur Domina. Er wurde in der Kindheit einerseits materiell verwöhnt, bekam aber kaum emotionale Zuwendung. Er sieht die Domina als mütterliche Autoritätsperson, die ihn hart bestraft, ihm dann aber sein Fehlverhalten gnädig verzeiht und ihm Streicheleinheiten und sexuelle Befriedigung gewährt. Sie ist seine eigentliche Erzieherin, die Komplementärfigur zu seiner leiblichen Mutter. Unbewusste Inzestwünsche spielen auch oft in ein solches Verhältnis mit hinein. Nach der Session im Domina-Studio geht es ihm gut, er ist euphorisiert, er fühlt sich befreit und »wie neu geboren«. Was die weiblichen Gäste betrifft, die ich auch diesem Typ zurechne, so waren es auffallend oft übergewichtige Frauen; sie hatten eine Diät begonnen, diese nicht durchgehalten und wollten dafür bestraft werden. Oder es handelte sich um Alkohol- oder Nikotinabhängige, die alleine einen Entzug versucht hatten und rückfällig geworden waren. Sie alle bekamen von mir das, was sie wollten und wohl auch brauchten, Senge. Sie glaubten an die Wirksamkeit einer solchen Maßnahme (Suchtbekämpfung durch körperliche Züchtigung), deshalb ließ ich sie das glauben, der Glaube kann ja bekanntlich Berge versetzen. Ich riet ihnen allerdings dazu, einen klinischen Entzug durchzuführen und sich einer Selbsthilfegruppe anzuschließen. Diese Beispiele zeigen, dass eine Domina manchmal als Psychotherapeutin auf ihre Kunden – oder in solchen Fällen richtiger gesagt, Patienten – einwirken muss.

Typ 2: Er möchte ein wirklicher Sklave sein und einer schönen, starken und selbstbewussten Frau dienen und huldigen. Es geht ihm nicht nur um körperliche Schmerzen, sondern auch um psychische Erniedrigung. Die Domina spricht barsch und herrisch mit ihm, sie erteilt Befehle, sie beschimpft und beleidigt ihn und verpasst ihm Ohrfeigen und Fußtritte. Schon allein das Hören bestimmter Worte oder Schlüsselsätze wirken auf ihn stark sexuell stimulierend, etwa: »Du gehörst mir! Gehorche mir! Auf die Knie! Leck meine Stiefel! Ich bin deine Herrin! Sag laut und deutlich, *ich bin ein Dreckstück, eine geile, perverse Sklavensau!*« Ein solcher Sklave sieht in seiner Herrin eine Göttin, er betet sie förmlich an. Nicht selten möchte er eine Dauerbeziehung mit ihr aufbauen und ihr auch privat als Haussklave dienen. Es kommt dann zur Hörigkeit, zu einer seelischen und körperlichen Abhängigkeit. Seine *Göttin* hat schließlich leichtes Spiel mit ihm, sie kann ihn für ihre Zwecke einspannen und auch finanziell ausbeuten.

Ein Mann mit dieser Ausrichtung, für den ich einige Male die Herrin spielte, hat sogar ein Gedicht, ein *Gebet* für mich geschrieben, das solche Wunschträume sehr schön zum Ausdruck bringt:

Gebet des Sklaven

Vor Dir, Herrin, immer wieder

beug' ich demutsvoll mich nieder.

Dir gehör' ich ganz allein;

ich will stets Dein Sklave sein!

Deine Wünsche sind Gesetz,

keine Fragen, kein Geschwätz!

Andernfalls – ich sag's mit Schrecken –

lässt Du mich die Peitsche schmecken!

Auf die Knie! befiehlst Du mir;

unverzüglich folg' ich Dir,

denn Gehorsam, das ist klar,

schuld' ich Dir auf immerdar.

Widerworte sind tabu;

Strafe folgt darauf im Nu.

Was verdienst du? fragst Du barsch,

ich sag': Dresche auf den Arsch!

Strenge Zucht, die ist vonnöten,

Rohrstock muss den Po mir röten.

Pfeifend tut er niedersausen,

treibt mir aus dem Kopf die Flausen.

Riemen, Gerte, Härte, Strenge;

Bock und Stock und kräft'ge Senge,

Striemen, Schwielen, Schreien, Flehen:

Typ 3: Er steht auf Rollenspiele, das ist natürlich ein riesiges Feld und das schauspielerische Können der Domina ist gefragt; Schüler – Lehrerin, Patient – Ärztin, Zögling – Gouvernante, Angestellter – Chefin, Häftling – Aufseherin, Hexe – Folterknecht, Verkehrssünder – Polizistin, Rekrut – Ausbilderin und anderes mehr. Zu diesem Typ gehören auch die, die als Pferd oder Hund dressiert werden möchten. Die Gäste des dritten Typus fand ich übrigens am interessantesten, für sie war eine solche Session wirklich nur ein Spiel; es sind meistens kreative, phantasievolle Menschen, sie sind gebildet, eloquent und auch humorvoll, es hat mir echt Spaß gemacht, sie zu bedienen.

Typ 4: Das ist der Extrem-Masochist. Er will schwer gefoltert werden - Streckbank, Elektroschocks, Bastonade, Strappado, Wasserfolter, glühendes Eisen – die Aufzählung ließe sich fortsetzen. Auf einige dieser Methoden – ich habe keine davon angewendet – möchte ich näher eingehen und auch diesbezügliche Warnungen hinzufügen; als Krankenschwester fühle ich mich dazu verpflichtet, ich bitte darum, mir das nachzusehen.

Strappado: Der Delinquent wird an den auf dem Rücken gefesselten Händen aufgehängt und bekommt Gewichte an die Füße, bis die Oberarmknochen aus den Gelenkpfannen springen. Der so Gemarterte kann danach die Arme nicht mehr bewegen, auch nach dem Wiedereinrenken bleibt ein irreparabler Schaden zurück. Wenn Sie mit dieser Methode (z. B. als Bondage-Variante) experimentieren wollen, achten Sie darauf, dass die Füße des Delinquenten nicht vollständig vom Boden abheben!

Streckbank: Die Streckbank war in Europa vom Mittelalter bis zum beginnenden 19. Jahrhundert in Gebrauch. Das auf der Bank liegende nackte Opfer – meist eine der Hexerei beschuldigte Frau – wurde an Armen und Beinen gefesselt. Mit einem Handhebelrad wurde dann der bewegliche Teil der Bank, woran die Hände mit einem starken Seil fixiert waren, langsam angezogen, sodass der Körper immer stärker gedehnt wurde. Das andere Ende, an welchem man die Füße festgebunden hatte, blieb unbewegt. Bei hartnäckiger Verstocktheit der Gepeinigten sprangen schließlich die Knochen aus den Gelenken. In den meisten Fällen erfolgte aber nach kurzer Zeit das Schuldbekenntnis. Die damalige Rechtsprechung verlangte zwingend ein Geständnis von der angeklagten Person. Es gab keine Urteile, die sich nur auf Indizien stützen konnte. Deshalb zog sich die *peinliche Befragung*, wie das Verhör unter der Folter genannt wurde, nicht selten über mehrere Tage hin.

Eine Anmerkung hierzu: Wenn Sie eine Streckbank besitzen oder benutzen können und diese Folter – etwa im Rahmen eines Rollenspiels – anwenden wollen, dann bitte nur mit <u>äußerster</u> Vorsicht!

Wasserfolter: Das Opfer wird rücklings auf die Streckbank gespannt und bekommt die Nasenlöcher mit heißem Wachs verschlossen. Durch einen Trichter wird dann Wasser in den Mund gefüllt, und solange Wasser im Mund steht, kann nicht geatmet werden. Der Delinquent muss also unentwegt – von kurzen Pausen unterbrochen – literweise Wasser schlucken, was zu immer größerer Atemnot führt. Leicht kann dabei Wasser in die Luftröhre und Lunge geraten, ein Hustenanfall ist die Folge und die Rückenlage auf der Streckbank erschwert das Aushusten des Wassers. Auch diese Folter wurde bereits im Mittelalter eingesetzt, sie führte oft zum Tod durch Ertrinken. Hier kann mein Rat nur lauten: Keinesfalls ausprobieren!

Bastonade: Stockhiebe auf die nackten Fußsohlen. Der Verurteilte liegt mit auf dem Rücken gefesselten Händen auf dem Boden, seine Füße werden an eine etwa einen Meter über dem Boden arretierte Stange gebunden, oder er wird, wie schon beschrieben, auf die Schaukel gespannt. Die Bastonade ist eine wahrhaft schreckliche Straf- und Foltermethode, man kennt und fürchtet sie besonders im Orient, die Schläge sind unerträglich schmerzhaft, sie brechen – bei einem Verhör angewendet – den Widerstand des Delinquenten schnell und zuverlässig.

Mein Rat: Nur in spielerischer Form und mit Vorsicht anwenden!

Folter mit glühenden Eisen oder Zangen: Hierbei entstehen Brandwunden dritten Grades, die schwer und nur langsam verheilen, es kann zu Infektionen kommen, auf jeden Fall aber bleiben hässliche Narben zurück. Mein klarer Rat: Lassen Sie die Finger davon! Vorsicht ist auch bei Bondage, Elektroschocks und Analdehnungen (Fisten) geboten, solche Praktiken gehören in geübte und fachkundige Hände. Katheterisierungen, Intubationen und Injektionen dürfen auf jeden Fall nur von Ärzten oder speziell ausgebildeten Helferinnen durchgeführt werden.

Mit diesen Warnungen wollte ich Sie, liebe Leser, aber keineswegs demotivieren; ich wollte vielmehr den noch unerfahrenen und experimentierfreudigen SM-Neulingen einige Informationen an die Hand geben. Es gilt natürlich der Spruch: »Erlaubt ist, was Spaß macht!« Aber es sollte immer Genuss ohne Reue sein und auch bleiben!

Der Leutnant und das Mädchen

Im Herbst vergangenen Jahres verbrachten Nicole und ich ein Wochenende auf der schönen Ostseeinsel Fehmarn. Der Chefarzt der Klinik, in der ich als Krankenschwester tätig bin, besitzt dort eine Ferienwohnung, die er uns zur unentgeltlichen Nutzung überließ. Ich fand es durchaus reizvoll, mal ohne meinen Mann zu verreisen; so etwas darf nur nicht zu lange dauern, ansonsten glaube ich, dass gelegentliche Trennungen eine Ehe beleben können, man freut sich danach umso mehr wieder aufeinander.

Es war wunderschön auf Fehmarn, wir unternahmen an jedem Tag lange Strandwanderungen und hatten uns viel zu erzählen. Hauptthema war natürlich SM und Flagellantismus, es kam zu einem intensiven Austausch unserer Erlebnisse der letzten Monate, was uns immer wieder gewaltig in Stimmung brachte. Um uns abzureagieren, haben wir abends Rollenspiele veranstaltet, bei denen ich ausgiebig Gelegenheit hatte, mich wieder einmal aktiv auszutoben und Nicole etliche Male ihren drallen Hintern zu versohlen. Mittlerweile macht es mir großen Spaß, einen nackten Weiberarsch kräftig mit der Hand vollzuklatschen oder mit dem Rohrstock durchzustriemen. Und Nicoles Hinterteil lädt in besonderem Maße dazu ein.

Die folgende Geschichte – sie basiert auf mündlicher Überlieferung – erzählte Nicole mir während einer unserer Wanderungen. Ihr Wahrheitsgehalt lässt sich nicht nachprüfen, aber selbst dann, wenn sie von A bis Z erfunden ist, spielt das keine Rolle. Entscheidend ist für mich (und sicher auch für Sie, liebe Leser), dass sie mit den damaligen Gegebenheiten übereinstimmt und die Geschehnisse durchaus so stattgefunden haben könnten.

Hier nun also die Story gemäß Nicoles Bericht.

Brandenburg im Jahre 1921, Leutnant Friedrich von Treskow verbrachte seit drei Tagen seinen Sommerurlaub in der Zurückgezogenheit des väterlichen Gutes nahe der Stadt Potsdam. Es war ziemlich eintönig auf dem Gutshof, und der Leutnant befand sich keineswegs in guter Stimmung. Seine Mutter war schon vor zehn Tagen zur Kur nach Freienwalde an der Oder abgereist, und außer seinem Vater, seiner 14-jährigen Schwester Trude, der Köchin, dem Gärtner, dem Stallknecht und dem ausgesprochen hübschen und gut gewachsenen Dienstmädchen Katharina hielt sich kein Mensch im weiten Umkreis auf. Und weil Friedrich keine andere Urlaubszerstreuung finden konnte, begann er sich mehr und mehr für die 19-jährige Katharina zu interessieren. Auch sie war dem schneidigen und gut aussehenden 25-jährigen Offizier vom ersten Tag an herzlich zugetan. Schon als er sich ihr mit fester und befehlsgewohnter Stimme vorstellte, indem er die Hacken zusammenschlug, ihr die Hand drückte und sagte: »Gestatten, mein Fräulein, Leutnant Friedrich von Tresko. Viertes preußisches Reiter-Regiment Potsdam, Wehrkreis Nummer drei«, hatte sie das so beeindruckt, dass sie fast vergaß, ihm zu antworten: »Sehr erfreut, Herr Leutnant, ich bin Katharina Steigleder und hier im Hause sozusagen das Mädchen für alles.«

Eines Tages, als Friedrich von einem Ausritt zurückkam, lief Katharina ihm entgegen, um ihm das Pferd abzunehmen und es in den Stall zu führen.

»Soll ich Ihre Reitpeitsche auch mitnehmen, Herr Leutnant?«, fragte sie.

»Nein, die trage ich immer bei mir«, erwiderte er, »sie ist sehr wertvoll.«

»Oh ja, das sieht man auch«, sagte sie, »der Knauf ist sicher aus Silber und der Griff aus Perlmutt, nicht wahr?«

»Allerdings, und auch meine Initialen sind eingraviert. Die Peitsche ist aus bestem Leder gearbeitet, sie stammt aus einer englischen Sattlerei, die das Königshaus, die Spanische Hofreitschule in Wien und auch unser Regiment beliefert.«

»Wie schön!«

»Ja. Könnten Sie in etwa zehn Minuten auf mein Zimmer kommen?«

»Selbstverständlich, Herr Leutnant.«

Später, als er in einem Sessel Platz genommen hatte und Katharina ihm die Reitstiefel auszog, fragte er sie, ob sie nicht Lust habe, ihn auf einem Spaziergang zu begleiten und ein wenig mit ihm zu plaudern.

Hocherfreut sagte das Mädchen zu.

»Sehr gut, Fräulein Steigleder!«, versetzte er, »dann würde ich sagen ...«

»Ach bitte, Herr Leutnant, sagen Sie doch Katharina zu mir!«

»Aber sehr gerne! Also, Katharina, wir treffen uns in einer halben Stunde an der Gartenpforte.«

»Zu Befehl, Herr Leutnant«, antwortete sie mit schelmischem Lächeln.

Pünktlich fanden die beiden sich am vereinbarten Treffpunkt ein. Es war recht warm, Katharina hatte für den Spaziergang ein hübsches, luftiges und für die damalige Zeit recht kurzes Sommerkleid gewählt; Friedrich trug seine maßgeschneiderte Uniform.

»Zum Anbeißen sehen Sie aus!«, bemerkte er, worauf das Mädchen sich bedankte und hold errötete.

Sie schritten zunächst schweigend durch die schöne Umgebung des Gutshofes, bis der Leutnant das Wort ergriff: »Sagen Sie, Katharina, wie kommt es, dass Sie nur ein Dienstmädchen sind? Entschuldigen Sie, dass ich Sie das frage. Warum lassen Sie sich nicht zur Lehrerin oder Erzieherin ausbilden? Sie sind doch intelligent und auch gebildet! Und Sie verfügen über pädagogisches Geschick, das merke ich daran, wie Sie mit meiner Schwester umgehen, liebevoll, aber auch streng, das ist genau die richtige Mischung!«

Katharina antwortete: »Nach meiner Abschlussprüfung im Stift war ich froh, dass ich überhaupt Arbeit fand. Mein Vater ist im Krieg ums Leben gekommen und meine Mutter starb, als ich zwölf Jahre alt war. Ich hatte dann niemanden mehr, keine Freunde und keine Verwandten. Und nach diesem schrecklichen Krieg, der ja erst vor kaum drei Jahren endete, war jeder mit sich selbst beschäftigt. Deshalb traf es sich gut, dass ich die Stelle als Hausmädchen bei Ihrem Herrn Vater vermittelt bekam. Ich fühle mich wohl hier, ich bin mir für keine Arbeit zu schade und habe auch gewissermaßen eine seelische Heimat gefunden, denn Ihr Herr Papa ist die Güte und Warmherzigkeit in Person. Was die Zukunft bringt, weiß ich nicht, darüber mache ich mir jetzt auch noch keine Gedanken.«

»Nun, das ist das Recht der Jugend. Vielleicht, liebe Katharina, kann ich ja etwas dazu beitragen, Ihre Zukunft zu gestalten.«

»Ach, Herr Leutnant, was kann jemand wie ich Ihnen denn schon bedeuten! Sie gehören zur Aristokratie, das ist eine Welt, die unsereins nur als dienstbarer Geist betreten kann und darf. Jemanden wie mich, elternlos, im Heim aufgewachsen, können Sie doch im Grunde nur verachten!«

»Wie können Sie nur einen derartigen Unsinn reden!«, wies Friedrich das Mädchen scharf zurecht, »dafür gehörte Ihnen der Hintern versohlt!«

»Ach, wirklich, finden Sie?«, antwortete Katharina schnippisch.

Die barschen Worte des Leutnants waren ihr durch und durch gegangen und hatten ihre Wangen erglühen lassen.

»Womöglich haben Sie recht«, meinte sie nach einer Weile, »im Stift wurden wir auch nicht mit Samthandschuhen angefasst, jede Verfehlung wurde in ein Strafbuch eingetragen, und immer am Freitag war dann der sogenannte Zahltag und die Sünderinnen erhielten ihre Strafe.«

»Welche Strafe?«

»Stockprügel.«

»Habe ich mir gedacht.«

»Tja. Das ist nun einmal die wirksamste Strafe. Ich blieb allerdings davon verschont, denn ich war bei den Erzieherinnen beliebt und wurde, weil ich ja Vollwaise war, überaus nachsichtig behandelt. Oft habe ich zu mir selber gesagt, jetzt hättest du es auch mal verdient!«

»Nun ja«, meinte der Leutnant, »ich bin keineswegs ein Gegner körperlicher Züchtigung. In unserem Regiment hat das sogar eine lange Tradition. Für Disziplinverstöße, etwa Unpünktlichkeit, bekommen Offiziersanwärter zwischen zehn und dreißig Reitpeitschenhiebe aufs blanke Messing.«

»Aufs blanke Messing? Was heißt denn das?«

»Na, was könnte es denn heißen?«

»Auf den nackten Po?«

»Ganz recht. Erst letzten Monat habe ich eine solche Strafe an einem Fähnrich vollzogen.«

»Ach, wie gerne hätte ich dabei Mäuschen gespielt!«, rief Katharina unter Kichern aus.

»Ihre Ehrlichkeit ist erfrischend!«, sagte Friedrich. Dann fragte er: »Haben Sie denn überhaupt noch nie Schläge bekommen?«

»Doch, mein Vater hat mich ein paarmal übers Knie gelegt. Aber das ist so lange her, dass es fast nicht mehr wahr ist.«

Wieder schritten sie dann wortlos voran und erfreuten sich an der schönen Landschaft und dem angenehmen Sommerwetter.

Schließlich brach Leutnant von Treskow erneut das Schweigen: »Ich möchte Ihnen etwas sagen, Katharina.«

»Was möchten Sie mir sagen?«

»Wissen Sie, ich bin viele Jahre alleine gewesen. Das war in Ordnung, ich bin gerne alleine, ich genieße es sogar. Natürlich habe ich auch hier und da ein Mädchen kennengelernt, aber es ging über oberflächliche Techtelmechtel nie hinaus. Aber seit ich hier bin, fühle ich etwas Anderes, etwas Neues. Ich kann es gar nicht richtig beschreiben.«

»Etwas Schönes?«

»Nicht einmal das weiß ich genau. Es ist auch etwas Trauriges dabei.«

»Vielleicht, weil Sie gerne hier sind und Ende nächster Woche schon wieder abreisen müssen?«

»Ja, kann sein.«

Katharina musste sich beherrschen, um ihre freudige Erregung nicht zu zeigen, denn was Friedrich gesagt hatte, konnte nur bedeuten, dass sie ihm nicht gleichgültig war. Sie bemühte sich sehr um einen sachlichen Tonfall, als sie ihn dann bat: »Lassen Sie uns nun zurückgehen. Unsere Köchin bereitet schon das Abendessen zu und in einer Stunde wird serviert.«

Einige Minuten später rief sie aus: »Ach, wie ist das schön, so ein Spaziergang! Am liebsten würde ich jeden Tag mit Ihnen spazieren gehen.«

»Dem stünde nichts im Wege«, erwiderte der Leutnant.

Am nächsten Tag, nach dem Frühstück, wollte Friedrich Katharina beauftragen, seine Stiefel zu wichsen. Als er vor ihrer Kammertür stand, vernahm er lebhafte und auch aggressive Stimmen aus dem Raum, eine davon erkannte er als die seiner Schwester Trude. Nanu, dachte er, was ist denn da los, gibt es eine Balgerei? Er öffnete vorsichtig und leise die Zimmertür einen schmalen Spalt breit – und mochte seinen Augen nicht trauen. Eine höchst pikante Szene bot sich ihm dar. Mitten im Zimmer lag seine Schwester über einem Hocker, den Rock hochgeschlagen und das Spitzenhöschen bis zu den Knien heruntergezogen. Dahinter stand Katharina, die linke Hand in die Hüfte gestemmt, ihre rechte war mit einem Rohrstock bewaffnet, mit dem sie gerade weit ausholte, um ihn dann kräftig auf den blanken Popo des Mädchens niederpfeifen zu lassen.

»Elf – aaaauuuhh«, schrie Trude gellend und strampelte wild mit den Beinen, gleich darauf sauste der nächste Hieb herunter.

Der Leutnant wusste zu diesem Zeitpunkt noch nicht, dass seine Eltern einen Teil der Betreuungsaufgaben – was Trude betraf – an Katharina delegiert hatten. Frau von Treskow kränkelte oft, und der Hausherr war viel zu weichherzig, um die Strenge aufzubringen, die für die Erziehung der 14-jährigen Schülerin erforderlich war. Deshalb war Katharina beauftragt worden, sich um Trudes schulische Angelegenheiten zu kümmern, die Hausaufgaben zu kontrollieren und – falls erforderlich – Strafen zu verhängen. Neben ihren Pflichten im Haushalt war ihr also auch die Rolle einer Gouvernante zugewiesen worden. Sie brauchte kein Schürzchen und kein Häubchen zu tragen, wie es häuslichen Dienstmädchen damals oft vorgeschrieben wurde. Und Trude durfte nicht *Katharina* zu ihr sagen, sondern musste sie mit *Fräulein Steigleder* anreden.

Wieder pfiff der Stock auf Trudes Po, der schon mit markanten Striemen überzogen war.

»Aaaaaaaahh – dreizehn«, brüllte Trude wieder. »Bitte, Fräulein Steigleder«, rief sie dann verzweifelt, »bitte ersparen Sie mir weitere Schläge, der Stock zieht teuflisch, ich kann nicht noch mehr aushalten! Geben Sie mir doch bitte eine andere Strafe, ich flehe Sie an!«

»Papperlapapp!«, antwortete Katharina, »du kannst noch eine Menge aushalten!« Ihre sonst schöne, melodische Stimme klang jetzt hart und respekterheischend und ihr Gesichtsausdruck zeigte unnachsichtige Entschlossenheit. »Ich war auch mal so jung wie du«, explizierte sie, »ich weiß genau, was ihr euch aus anderen Strafen macht! Oh nein, mein Schätzchen, die guten alten fünfundzwanzig mit dem Rohrstock auf den nackten Hintern, das ist das Einzige, was Eindruck auf euch macht, und deshalb ist es die richtige Strafe für freche Gören deiner Sorte. Und weil du die Schläge vollauf verdient hast, bekommst du sie ohne Wenn und Aber, da hilft dir gar nichts!«

Die Belehrung unterstützte Katharina mit rhythmischen Hieben, die Trude immer wieder mit lautem Schreien und ungestümem Strampeln beantwortete und dennoch laut und deutlich mitzählen musste. Die letzten fünf Schläge bekam sie mit zusätzlicher Wucht übergezogen, als wollte ihre Erzieherin auch noch das letzte bisschen Trotz und Ungehorsam aus dem jugendstrotzenden Po herausprügeln.

Später erfuhr Friedrich auch den Grund für die Bestrafung. Trude besuchte eine Haushaltsschule und hatte ihren Lehrerinnen immer wieder flapsige und auch patzige Antworten gegeben, einmal hatte sie sogar die Schulleiterin beleidigt. Dafür wurde ihr in einem verschlossenen Umschlag eine schriftliche Verwarnung ausgehändigt, die sie am nächsten Tag – von ihrem Vater unterschrieben – wieder zur Schule mitzubringen hatte. Doch Trude traute sich nicht, das Schreiben ihrem Vater zu zeigen, sie öffnete den Umschlag, entnahm das Schreiben und fälschte die Unterschrift. Die aufmerksame Katharina hatte aber bei Durchsicht der Schulsachen den Brief – in einem Kochbuch versteckt – gefunden, die Übeltäterin zur Rede gestellt, ihr Geständnis erhalten und sie dann zu den *guten alten fünfundzwanzig* verdonnert.

Du liebe Zeit, dachte Leutnant Friedrich, der immer noch fassungslos auf das Geschehen blickte, nie hätte ich gedacht, dass so ein junges Ding ein derart strammes Regiment führen kann! Potz Blitz und Wolkenbruch! Er schloss leise die Tür, denn Katharina hatte den Rohrstock weggelegt und Trude erhob sich vom Hocker, zog ihr Höschen wieder hoch und zupfte den Rock herunter. Sie konnte jeden Moment den Raum verlassen, Friedrich erblicken, und dann musste sie annehmen, dass er von der Züchtigung etwas mitbekommen haben könnte. Das wollte er auf jeden Fall vermeiden, er begab sich deshalb rasch auf sein Zimmer und wartete dort noch eine gute halbe Stunde, erst dann ging er zu Katharina und übergab ihr seine Stiefel mit der Bitte, sie zu säubern und zu wichsen.

Einige Tage nach diesem Vorfall unternahm Friedrich nachmittags wieder einen Ausritt. Nach kurzer Zeit bemerkte er, dass sein Apfelschimmel am linken Vorderfuß zu lahmen begann. Friedrich stellte fest, dass ein ins Hufeisen eingeklemmter Stein die Ursache war. Das ließ sich nicht ohne ein Spezialinstrument beheben, deshalb führte er das Tier am Zaum langsam heim und informierte den Stallknecht. Der Leutnant hatte keine Lust, ein anderes Pferd satteln zu lassen, deshalb suchte er sein Zimmer auf, um sich die Zeit mit Lektüre zu vertreiben. Als er die Tür öffnete, bemerkte er in dem durch Vorhänge verdunkelten Raum die Umrisse einer Frauengestalt, die sich an der Lade seines Schreibtisches zu schaffen machte.

»Was machst du denn da?«, fragte er, denn er glaubte, dass es seine Schwester war, im selben Moment schlang er seinen Arm um sie. Da fuhr sie blitzschnell herum und verpasste ihm eine kräftige Ohrfeige. Erst jetzt bemerkte er, dass er nicht Trude, sondern Katharina vor sich hatte.

»Sie sind es?!«, rief er verwirrt aus. Er war völlig konsterniert wegen der Ohrfeige und auch, weil Katharina sich in seinem Zimmer aufhielt. Sie durfte es unaufgefordert nur einmal wöchentlich während einer festgelegten Zeit betreten um es zu reinigen und um die Bettwäsche zu wechseln. Keinesfalls aber war sie befugt, Schränke oder Schubladen zu öffnen. Was hatte sie vorgehabt? Wollte sie an sein Geld, das er in der Schreibtischlade aufbewahrte? Doch im selben Augenblick schämte er sich, so etwas überhaupt gedacht zu haben.

»Ich glaube, Sie sind mir eine Erklärung schuldig«, sagte er. Seine Stimme hatte in diesem Moment wenig Überzeugungskraft. Es tat ihm in der Seele weh, dass er nun vielleicht die Achtung vor dem Mädchen verlieren könnte, das er, wie ihm jetzt erst klar wurde, bereits tief und innig zu lieben begonnen hatte.

»Bitte lassen Sie mich gehen, Herr Leutnant«, bat Katharina, »ich versichere Ihnen, dass ich nichts Schlimmes tun wollte. Als ich mich umschlungen fühlte, verlor ich die Contenance, der Schlag geschah im Reflex, ich bitte Sie um Verzeihung, es tut mir ehrlich leid!«

»Tut mir auch leid!«, versetzte Friedrich, »wenn Sie meinen, dass mir das genügen soll, muss ich meinen Vater informieren.«

»Ich bitte Sie, Herr Leutnant, Sie werden doch aus einem harmlosen Vorfall keine Staatsaffäre machen! Aber wenn Sie der Ansicht sind, dass ich das Haus verlassen muss, dann lassen Sie mich selber kündigen. Ich gehe dann ins Stift zurück und lasse mich an eine andere Herrschaft vermitteln. Ich möchte das aber nicht! Ich bitte Sie nochmals um Verzeihung!! Ich schwöre Ihnen, dass ich nichts Unrechtes vorhatte!«

Leutnant von Treskow gab keine Antwort. Katharina warf ihm noch einen flehenden Blick zu, dann verließ sie das Zimmer.

Es kam Friedrich lächerlich vor, dass er für das, was er mit dem Mädchen zu klären hatte, seinen Vater benötigen sollte. Mehr und mehr gelangte er zu der Überzeugung, dass es weibliche Neugier gewesen sein musste, die Katharina in sein Zimmer geführt hatte, zumal sie ihn ja außer Haus wusste und nicht annehmen konnte, dass er vorzeitig zurückkommen würde. Aber die Ohrfeige hatte sein Ehrgefühl verletzt, und beim Abendessen und auch am folgenden Tag verhielt er sich Katharina gegenüber auffallend kühl. Das bemerkte natürlich auch Trude, die zu ihrer attraktiven *Gouvernante* eine kindliche, fast schwärmerische Zuneigung entwickelt hatte, trotz – oder gerade wegen der harten Behandlung, die sie zuweilen von ihr erfuhr. Sie bat ihren Bruder deshalb um ein Gespräch auf seinem Zimmer unter vier Augen.

»Was ist denn los mit dir und Katharina?«, versuchte sie ihn auszuforschen, »was habt ihr denn bloß miteinander? Sie will es mir nicht sagen! Sie hat mir aufgetragen, ich soll dir sagen, du mögest ihr eine Strafe zudiktieren, damit der Vorfall begraben werden kann. Welchen Vorfall meint sie?«

»Das geht dich gar nichts an, liebes Schwesterchen! Aber es ist nett von dir, dass du die Rolle einer Vermittlerin übernimmst. Doch jetzt verschwinde!«

Als er alleine war, sprach der Leutnant zu sich: *Katharina will also die Sache auf diese Weise bereinigen, nun gut!* Nach kurzer Überlegung nahm er ein Blatt Papier und schrieb:

Geehrtes Fräulein!

Ihre Idee, sich für Ihr Fehlverhalten einer Strafe zu unterziehen, finde ich gar nicht übel! Sie werden aber einsehen, dass es sich dabei um keine Spielstrafe handeln kann. Nun erfuhr ich durch Zufall aus Ihrem eigenen Munde, was die richtige Strafe für freche Gören sei. Selbstverständlich sind Sie keine freche Göre, dennoch wäre eine solche Abrechnung die einzige Form, in der ich mich dazu verstehen könnte, einen von einem Mädchen auf eine unbedeckte Körperstelle erhaltenen Schlag zurückzugeben und damit die Angelegenheit aus der Welt zu schaffen.

Ergebenst

F. v. Treskow

Das Blatt verschloss er in einem Kuvert, dann rief er Trude wieder zu sich und befahl ihr, es Katharina zu überbringen. Als er drei Stunden später von seinem täglichen Ausritt zurückkam, fand er auf seinem Schreibtisch in einem rosafarbenen Umschlag die Antwort auf sein Schreiben:

Geehrter Herr Leutnant!

Ihre Zeilen haben mir erst vollständig klargemacht, welche Schuld ich, ohne es zu beabsichtigen, auf mich geladen habe. Ich sehe ein, dass ein Offizier für einen erhaltenen Schlag Genugtuung fordern muss. Nun haben Sie offenbar mitbekommen, wie ich vor einigen Tagen Ihre Schwester gezüchtigt habe, es war wohl nicht zu überhören. Dazu kann ich Ihnen sagen, dass das nicht zum ersten Mal geschah, Ihr Herr Papa und auch sonst alle im Hause wissen und billigen es und ich weiß ja, dass auch Sie es gutheißen. Trude bedarf einer festen Hand, und wie es sich herausgestellt hat, gilt das wohl auch für mich. Ich akzeptiere deshalb – so schwer es mir auch ankommt – die von Ihnen angedeutete Art der Abrechnung. Ich setze allerdings voraus, dass sie ganz im Stillen erfolgt und kein Mensch jemals erfährt, dass Sie an mir eine solche Vergeltung geübt haben. Ich werde also heute Abend um neun, wenn im Hause alles zur Ruhe gekommen ist, auf ihr Zimmer kommen und mich von Ihnen so bestrafen lassen, wie ich es für den Ihnen angetanen Affront verdiene.

Ihre sehr ergebene

K. S.

Friedrich von Treskow musste sich niedersetzen, so raste das Blut in seinen Adern, als er das las. Mit seinem Brief hatte er ja eigentlich nur die Absicht gehabt, Katharinas Phantasie ein wenig anzuregen und die erotische Spannung, die von Anfang an zwischen ihr und ihm herrschte, noch mehr anzuheizen. Er hatte nicht damit gerechnet, dass sie seinen Vorschlag für bare Münze nehmen und akzeptieren würde.

Die Stunden schienen ihm an diesem Nachmittag nur äußerst langsam zu vergehen. Endlich erhoben sich nach dem Abendessen Katharina und Trude und suchten ihre Kammern auf. Hierauf erklärte der Herr Papa, außerordentlich müde zu sein und zog sich ebenfalls zurück. Auch Friedrich begab sich dann – äußerlich ruhig, doch innerlich aufgewühlt – auf sein Zimmer. Er hatte ein schlechtes Gewissen. Die Bestrafung, die er Katharina angedeihen lassen wollte, stand eigentlich in keinem Verhältnis zu dem, was vorgefallen war. Es erschien ihm nicht fair, bei einem 19-jährigen Mädchen Methoden anzuwenden, die eher beim Militär und bei seinen Untergebenen im Reiter-Regiment angebracht gewesen wären. Aber nun hatte er dieses Spiel begonnen, also musste er es auch zu Ende bringen. Und dass Katharina sich schuldig fühlte und sogar schriftlich ihre Demut und Bußfertigkeit bekundet hatte, verlieh ihm ein wunderbares Machtgefühl und schmeichelte seiner Eitelkeit.

Inzwischen bereitete sich auch Katharina auf die geplante Aktion vor. Natürlich war sie in heller Aufregung. Einerseits wusste sie, was der Leutnant mit ihr vorhatte. Sie erinnerte sich allzu gut an ihre Zeit im Stift und auch daran, welche Angst ihre Kameradinnen vor den freitags fälligen Körperstrafen hatten. Und etliche Male hatte sie das stockverstriemte Hinterteil ihrer Zimmergenossin mit Heilkräuterkompressen behandeln müssen. Andererseits – und das zu ihrer großen Überraschung – erregte es sie, dass sie des Leutnants Reitpeitsche auf ihrem Po zu spüren bekommen sollte. Sie beruhigte sich mit der Gewissheit, dass Friedrich sie gern hatte und es schon nicht zu wild mit ihr treiben würde.

Pünktlich zur verabredeten Zeit klopfte Katharina an die Tür von Leutnant Friedrichs Kammer. Er bat das Mädchen herein und verschloss sogleich wieder die Tür, die aus zehn Zentimeter dickem Eichenholz bestand. Dadurch war sichergestellt, dass selbst lautes Schreien außerhalb des Raumes nicht gehört werden konnte.

Friedrich nahm zunächst hinter seinem Schreibtisch Platz, und Katharina stand mit geröteten Wangen, gesenktem Blick und angespannten Nerven vor ihm.

»Sie sehen mich bereit«, sagte sie.

»Ausgezeichnet«, erwiderte der Leutnant, »Sie wissen ja, wozu Sie hier sind und was wir abzuhandeln haben, nicht wahr?«

»Allerdings. Ihre Reitpeitsche liegt ja schon da. Also, dann werde ich mich jetzt über die Lehne Ihres Sessels legen, damit die Strafaktion stattfinden kann.«

»Nein, mein hübsches Kind, Sie werden sich zunächst ausziehen, und zwar vollständig!«

Katharina war zunächst sprachlos. Sie hatte gehofft, dass sie ihre Kleider oder doch wenigstens ihr Höschen anbehalten dürfte und sich dem Leutnant nicht total entblößt würde zeigen müssen. Sie war ja schließlich keine 14-jährige Göre, sondern eine junge Dame. Endlich sagte sie: »Herr Leutnant, ich möchte Sie herzlich bitten, auf mein Schamgefühl Rücksicht zu nehmen. Ich wünsche auch nicht, dass Sie die Prozedur über Gebühr ausdehnen!«

»Und ich wünsche nicht, dass Sie meine Befehle kommentieren und auch nicht, dass Sie versuchen, mit mir über die Art und Weise Ihrer Bestrafung zu verhandeln, verstehen Sie mich?«

Heftig erschrocken über seinen herrischen Ton sagte sie schnell: »Natürlich, Sie haben recht! Schließlich habe ich mir das alles selber eingebrockt. Entschuldigen Sie bitte, ich werde Ihnen in allem gehorchen.«

Mit starrem Gesichtsausdruck nahm sie zunächst im Sessel Platz und zog ihre Knöpfstiefelchen und Söckchen aus. Hierauf erhob sie sich und es folgten Bluse und Rock, die Sachen hängte sie ordentlich über einen Stuhl. Nun trug sie nur noch ein kurzes Leibchen, ihr Schnürmieder und ihr Seidenhöschen. Sie zögerte, denn sie brachte es nicht fertig, auch noch diese letzten Hüllen vor dem jungen Mann fallen zu lassen.

»Bitte, Herr Leutnant, lassen Sie es damit gut sein, haben Sie doch ein Einsehen!« Das hätte sie gerne gesagt, doch ihr Stolz ließ es nicht zu. Und sie wusste, dass Friedrich ihre völlige Nacktheit forderte, als Zeichen ihrer totalen Unterwerfung. Sie hatte ihm bedingungslosen Gehorsam zugesagt, und er hätte wohl kein Mann sein dürfen, um das nicht auszunutzen. Also legte sie auch das leinene Leibchen und das Mieder ab, nachdem sie seufzend Schlaufe um Schlaufe geöffnet hatte. Nach nochmaligem Zögern zog sie schließlich das Höschen aus. Nun stand sie splitternackt mit verschränkten Händen vor ihrem Zuchtmeister, und immer noch vermied sie es, ihm in die Augen zu sehen.

Friedrich setzte sich auf die Bettkante und genoss den Anblick des schönen Mädchens. Die blonden, naturgelockten Haare, die ausdrucksvollen braunen Augen, ihre festen Brüste mit den keck aufgerichteten Nippelchen, die schlanke Taille und das hübsch geschwungene Becken. Im großen Ankleidespiegel in der Tür des Schrankes, der dem Bett gegenüberstand, konnte er zudem ihre höchst reizvolle Rückansicht bewundern. Immer wieder ließ er seinen Blick an ihrem Körper auf und ab gleiten, es war, als liebkoste er ihn mit seinen Augen. Natürlich war ihm bewusst, welche Zumutung es für sie bedeutete, sich in dieser Weise vor ihm präsentieren zu müssen.

»Werden Sie mir jetzt sagen, was Sie in der Schublade meines Schreibtisches gesucht haben?«, wollte er dann wissen.

Katharina gab keine Antwort.

»Sie wollen es mir nicht sagen?«

Wieder Schweigen.

»Schade! Durch ein ehrliches Geständnis hätten Sie Ihre Strafe abmildern können!« Er klopfte auf seinen Schoß und sagte: »Wenn Sie sich jetzt gefälligst hier herüberbeugen wollen!«

Schwer atmend befolgte sie die Anweisung, sie zwängte ihren Körper zwischen seine Beine und legte sich über seinen linken Oberschenkel. Aufreizend bot sich dem Leutnant nun ihr nackter Hintern dar, dessen prachtvolle Form, die er natürlich vom ersten Tag an erahnt hatte, sich nun voll und ganz offenbarte.

Fast ohnmächtig vor Scham versuchte das Mädchen, mit züchtig geschlossenen Beinen und zusammengepressten Pobacken wenigstens ihre intimsten Körperregionen den Blicken des Mannes zu entziehen.

Friedrich streichelte zunächst zärtlich und genüsslich Katharinas Kehrseite, dann verabreichte er ihr Klatscher, deren Stärke er konsequent steigerte, bis er schließlich kraftvoll – immer links, rechts – zuschlug, sodass die Backen heftig erbebten und nachschaukelten. Nachdem sie bisher jegliches Stöhnen oder Wehklagen mit äußerster Willenskraft unterdrückt hatte, begann jetzt aber doch ihr Widerstand zu erlahmen und sie beantwortete die schmerzhaften Schläge in zunehmender Lautstärke mit schrillen Schreien. Und da war noch etwas - ein unbekanntes, lustvolles Erschauern, das mehr und mehr ihren ganzen Körper durchzog. Wäre die Situation nicht so furchtbar peinlich und beschämend für sie gewesen, hätte sie sich vielleicht ungehemmt dem Vergnügen hingeben können, von kräftiger Männerhand den Po versohlt zu bekommen.

Ungerührt setzte Friedrich die Bestrafung fort, und erst, als der Hintern des Mädchens lückenlos in purpurnem Rot erstrahlte, ließ er von ihr ab und gab sie frei. Damit war es natürlich noch lange nicht vorbei, sie wusste, dass die eigentliche Bestrafung ihr noch bevorstand. Dass die Reitpeitsche auf dem Schreibtisch bereitlag, war wohl kaum ein Zufall.

Nach einigen Minuten sagte der Leutnant: »So, mein hübsches Kind, das war eine kleine Aufmunterung, jetzt treten Sie bitte hinter den Sessel und legen sich über die Lehne!«

Sie wusste, welche Position sie einzunehmen hatte und beugte sich so über den Sessel, dass die Lehne sich in ihre Leistenbeuge schmiegte und ihr Po sich stark nach oben herausspannte. Ihre Hände stützte sie auf die Sitzfläche des Sessels, ihre Füße hatten hingegen keinen Kontakt mehr zum Boden und baumelten in der Luft.

Friedrich ergriff die Peitsche und erklärte: »Ich werde die Prozedur so lange ausdehnen, wie ich es für richtig halte, Sie müssen aber die Schläge nicht mitzählen, haben Sie mich verstanden?«

»Ja, Herr Leutnant«, antwortete Katharina mit schwacher Stimme, und ihre Muskulatur verkrampfte sich in Erwartung der Hiebe.

Fasziniert betrachtete Friedrich das Mädchen, das – in Demutsstellung über der Sessellehne liegend – der Bestrafung harrte. Dann holte er aus und ließ die Peitsche niedersausen. Katharina schrie durchdringend und strampelte mit den Unterschenkeln, und obgleich der Schlag nicht sehr heftig gewesen war, flehte sie um Gnade und Milde, offenbar wollte sie so das Temperament des Leutnants etwas zügeln. Doch der kam nun erst richtig in Fahrt, Hieb auf Hieb sauste auf den schönen Hintern, der ja schon von Hand gründlich vorgewärmt worden war.

Katharina schrie und kreischte und heulte. Ihr Strampeln und Zappeln gab etliche Male den Blick auf ihr jungfräuliches Geschlecht frei – auf dieses zierliche, niedliche Nest zwischen ihren strammen Schenkeln. Doch das wurde Katharina gar nicht bewusst, längst empfand sie keine Scham mehr, ihre einzige Wahrnehmung waren die schmerzenden Schläge.

Endlich, nach einer Ewigkeit, wie es dem Mädchen vorkam, ließ der Leutnant die Peitsche sinken. Katharina durfte sich vom Sessel erheben und ihr malträtiertes Hinterteil reiben. Friedrich setzte sich auf die Bettkante und befahl ihr erneut, sich über sein Knie zu legen. Ausgiebig streichelte und tätschelte er dann wieder ihren Po und begutachtete die Spuren, die seine Reitpeitsche darauf hinterlassen hatte.

»Ist es jetzt endlich vorbei?«, fragte die Gestrafte ihren Zuchtmeister.

»Ich bestimme, wann es vorbei ist, mein hübsches Kind!«, erwiderte Friedrich ungerührt.

Zum dritten Mal hatte er *mein hübsches Kind* zu ihr gesagt. In anderer Situation hätte sie sich sicher darüber gefreut, aber ein gewisser sarkastischer Unterton war ihr nicht entgangen, sodass keine rechte Freude aufkommen wollte. Und seine Antwort hatte sie verzweifelt aufstöhnen lassen. Sie begriff, dass dieser Mann sicher im Grunde herzensgut war, aber auch sehr hart und unnachsichtig sein konnte. Doch Friedrich hatte von Anfang an nicht vorgehabt, Katharina ernsthaftes Leid zuzufügen. Vielmehr war es so, dass er sich vom Anblick des nackten Mädchens nicht losreißen konnte und deshalb die Aktion am liebsten noch stundenlang fortgesetzt hätte.

Katharina musste sich dann rücklings aufs Bett legen, die Beine anziehen und die Kniekehlen mit den Armen umfassen – eine Position, in der ihre Schamregion auf besonders erniedrigende Weise exponiert war. Wieder ergriff der Leutnant die Reitpeitsche und verabreichte seiner Delinquentin noch gut zwei Dutzend Hiebe auf den Po und auf die Oberschenkel. Dann aber ließ er es mit der erteilten Tracht bewenden und Katharina durfte vom Bett aufstehen.

Fast eine volle Stunde lang war sie in entwürdigenden Stellungen dem Leutnant ausgeliefert gewesen. Und dann die gnadenlose Züchtigung, weit mehr als hundert Mal hatte sie die Reitpeitsche über den nackten Hintern gezogen bekommen. Nie zuvor in ihrem Leben war sie so streng bestraft worden. Leutnant von Treskow hatte jedoch in keinem Moment die Beherrschung verloren, die Hiebe waren zwar mit herzhaftem Schwung, aber dennoch gefühlvoll und zielgenau erteilt worden. Die Striemen, die ein gutes Stück weit auch die Oberschenkel bedeckten, lagen dicht beieinander und es gab keine unförmigen Schwielen oder gar Beulen, wie sie durch sehr heftige Schläge verursacht werden.

Katharina spürte die Gluthitze in ihrem Po, zugleich aber bemerkte sie das eigenartige Spannungsgefühl, dieses köstliche Prickeln im Unterleib, das sie bereits kannte, an diesem Tag aber zum ersten Mal mit solcher Intensität empfand. Und nun stand sie keuchend, mit hochrotem, schweißglänzendem und von Haarsträhnen teilweise verdecktem Gesicht da. Mit finster glühendem Blick sah sie ihren Zuchtmeister an und stieß, mit den Tränen kämpfend, aus: »Nun ist es wohl gesühnt, oder? Verzeihen Sie mir jetzt?«

Friedrich gab sich Mühe, den Gefühlsaufruhr, den das Strafritual in ihm verursacht hatte, zu verbergen. Immer noch streng blickend und die Peitsche in den Händen biegend, gab er zunächst keine Antwort. Doch dann entspannten sich seine Gesichtszüge, und in sanftem Tonfall sagte er: »Ja, ich verzeihe Ihnen. Von dem gestrigen Vorfall werden wir nie wieder reden.«

Mit fahrigen Bewegungen strich Katharina zunächst das wirr herabhängende Haar aus ihrem Gesicht. Dann wollte sie sich anziehen und ergriff ihr Höschen. Als sie schon einen Fuß angehoben hatte, um hineinzusteigen, warf sie es plötzlich auf den Boden. Stürmisch flog sie auf den Leutnant zu, schlang ihre

Arme um seinen Hals und rief: »Ich liebe dich, Friedrich!« Sie schrie es fast heraus. Dann begann sie zu weinen und brachte unter heftigem Schluchzen erneut hervor: »Friedrich, ich liebe dich so sehr!«

Leutnant von Treskow legte die Peitsche beiseite, dann ergriff er Katharina, hob sie auf und warf sie aufs Bett. Hastig zog er sich aus, stürzte sich auf sie und bedeckte ihr Gesicht und ihren Körper mit Küssen. Selig aufjauchzend ergab sie sich ihm, und sie tauschten das Geheimnis ihrer schon lange in ihnen lodernden Leidenschaft.

Als sie später entspannt und glücklich beieinanderlagen, sagte Katharina: »Und nun, Friedrich, kann ich dir ja auch verraten, was ich an deiner Schreibtischlade wollte. Trude sagte mir, dass du darin einige Fotos von dir aufbewahrst. Ich wollte mir eins nehmen, damit ich, wenn du wieder abgereist bist, wenigstens immer dein Bild ansehen kann.«

Die neue Hauslehrerin

Dieser Bericht basiert auf den Notizen der Baronesse Therese von Reuthersloh. Zum Nachlass der Baronesse gehört auch ihr Tagebuch; bei einer Versteigerung gelang es mir, den Zuschlag dafür zu erhalten. Den auf vergilbten Blättern in Sütterlin abgefassten Text habe ich ein wenig überarbeitet und in eine zeitgemäße Sprache übersetzt.

Österreich im Jahre 1909. Auf dem Landsitz des verwitweten Herrn Baron Ottmar von Reuthersloh warteten der Hausherr, seine beiden Töchter Therese und Adelheid sowie zwei Mägde und die Köchin auf das Erscheinen der neuen Hauslehrerin Fräulein Elfriede Mahnleitner. Deren noch sehr jugendliche Vorgängerin Fräulein Lugauer hatte geheiratet und das Amt aufgegeben.

Die neue Lehrerin galt als ausgesprochen streng, zudem war sie mit 48 Jahren schon in fortgeschrittenem Alter. Doch eben das begrüßte der Baron, denn die Vorgängerin war mit 22 Jahren gerade mal 2 Jahre älter als seine Tochter Therese – Adelheid war kürzlich erst 18 geworden. Fräulein Lugauer war für die Töchter keine wirkliche Autorität gewesen, und besonders für Adelheid wünschte sich der Baron eine wesentlich strengere Hand. Das Mädchen war übermütig, trotzig und das, was man einen *Wildfang* nennt. Zudem neigte sie zu Jähzorn und Willkür; allzu oft ließ sie ihre Launen an ihrem Pferd aus, indem sie ihm beim Ausreiten immer wieder grundlos und sehr heftig mit der Gerte aufs Hinterteil schlug.

Zum Personal gehörte auch der Reitknecht und Stallbursche Johannes, der den zum Anwesen gehörenden Reitstall wartete und die Pferde versorgte. Er wurde von Adelheid bei jeder Gelegenheit gehänselt und mit frivolen Sprüchen provoziert. Ein Versuch des Barons, das eigenwillige Mädchen in einem Internat für höhere Töchter unterzubringen, wo ihr Anstand beigebracht werden sollte, war kläglich gescheitert. Ihre Aufsässigkeit und vor allem die ständigen nicht standesgemäßen Affären mit Bauernburschen aus der Umgebung führten dazu, dass sie aus dem Internat wieder entlassen wurde. Der Baron hatte also mit dem jungen Ding bereits einiges auszustehen gehabt. Therese hingegen war anders geartet, sie war gutmütig und hilfsbereit, vielleicht etwas verträumt; auch sie besaß ein eigenes Pferd, das sie aber stets gut behandelte.

Gespannt warteten nun alle – ausgenommen Johannes – in der Eingangshalle des geräumigen Landhauses auf das Erscheinen der neuen Erzieherin. Als diese dann das Haus betrat, schien es plötzlich um einige Grade kälter zu werden, was zweifellos an Fräulein Mahnleitners Ausstrahlung lag. Sie hatte ein herbes Gesicht, eine spitze Nase und war von schroffer Wesensart. Um ihren Mund spielte ein grausamer Zug und ihre Stimme erinnerte an das Krächzen eines Raben.

Nach freundlicher Begrüßung sagte der Baron: »Schön, dass Sie da sind, Fräulein Mahnleitner, ich hatte Sie ja schon brieflich über alles informiert und wir waren uns über das Vertragliche einig. Sie haben ab sofort das volle Weisungs- und Züchtigungsrecht über meine Töchter und das Personal. Wie Sie ja wissen, verreise ich morgen, ich muss für drei Wochen geschäftlich ins Tirolische, während dieser Zeit haben Sie hier uneingeschränkt das Sagen. Ich erwarte, dass Sie ein straffes Regiment führen, dazu gehören, falls nötig, auch Körperstrafen. Im Schulzimmer finden Sie einen Rohrstock, Fräulein Lugauer hat ihn allerdings niemals benutzt. Es gibt auch einen Strafbock, er steht im Pferdestall, dort hängen an einem Reck Gerten und Peitschen, darunter eine hirschlederne, sehr wertvolle Reitpeitsche, die mein Großvater anfertigen ließ, sie diente ihm auch zur Abstrafung des Hausgesindes. In Anlehnung an die *Lederhosensaga* von Freiherr von Börries pflegte er zu sagen: *Geschlechter kommen, Geschlechter vergehen, hirschlederne Reitpeitschen bleiben bestehen.* Haben Sie bitte keinerlei Hemmungen, sie zu benutzen!«

»Seien Sie unbesorgt, Herr Baron, solche Hemmungen kenne ich nicht!«, antwortete Fräulein Mahnleitner böse lächelnd, »gerade junge Mädchen müssen streng geführt und auch zuweilen hart bestraft werden!«

»Ausgezeichnet!«, stimmte der Baron ihr zu, »das ist genau die Einstellung, die Ihre Vorgängerin hat vermissen lassen! Ich bitte Sie, sich während meiner Abwesenheit hier im Hause einzuquartieren, ein Gästezimmer wurde bereits vorbereitet, die Mägde werden Ihnen später alles zeigen. Ich möchte meine Töchter auch außerhalb der Unterrichtszeiten unter Ihrer Aufsicht wissen!«

»Gerne, Herr Baron!«

»Achten Sie bitte besonders auf Adelheid, sie neigt zu provokantem Verhalten. Sie wissen ja, dass zum Personal auch der Stallbursche Johannes gehört, ich möchte nicht, dass das Mädchen ihm gegenüber die Regeln des Anstandes verletzt!«

»Das wird keinesfalls passieren!«, erwiderte Fräulein Mahnleitner.

»Und ihr«, wandte der Baron sich dann an seine Töchter, »benehmt euch während meiner Abwesenheit bitte so, wie es für junge Baronessen angemessen ist! Ich will später keine Klagen von Fräulein Mahnleitner hören!«

»Gewiss, Vater!«, sagte hierauf Therese.

Am Abend, als die beiden Mädchen in Thereses Zimmer auf dem Bett saßen, tauschten sie ihre Eindrücke von der neuen Lehrerin aus.

»Was für eine fürchterliche Schreckschraube!«, meinte Adelheid, »die ist bestimmt zu allem fähig!«

»Wir müssen auf der Hut sein«, gab Therese zurück, »sonst wird es nicht lange dauern, bis die alte Ziege den Rohrstock auf unseren Hintern tanzen lässt!«

»Ja, Resi, darauf müssen wir gefasst sein!«, seufzte Adelheid.

Die Mädchen behielten recht. Bereits nach zwei Tagen, als Fräulein Mahnleitner im Schulzimmer korrigierte Diktate zurückgab, verkündete sie mit ihrer krächzenden Stimme: »Eure Rechtschreibung ist katastrophal! Therese, du hast vierzehn Fehler gemacht und bei dir, Adelheid, sind es sogar sechzehn! Dafür bekommt ihr beide eine glatte Sechs! Was hat Fräulein Lugauer im Deutschunterricht eigentlich mit euch gemacht? Märchen vorgelesen?«

»Nein, Blindekuh gespielt«, antwortete Adelheid kichernd, darauf sagte Therese: »Und Verstecken und auch Nachlaufen.« Beide brachen dann in lautes Lachen aus.

Fräulein Mahnleitners Gesicht wirkte wie versteinert, als sie sagte: »Das sollt ihr mir büßen! Jetzt ist Schluss mit den Laisser-faire-Methoden von Fräulein Lugauer! Ab sofort werden andere Saiten aufgezogen. Das Lachen wird euch rasch vergehen!«

Fräulein Mahnleitner nahm den Rohrstock, der schon seit Jahren unbenutzt in der Ecke stand, und befahl: »Ihr legt euch jetzt über die Schulbank, vorher schlagt ihr die Röcke nach oben und zieht die Höschen herunter!«

»Oh nein, bitte nicht!«, flehte Therese, »bitte schlagen Sie uns nicht – nicht auf den nackten Po!«

»Ich hätte euch mit je fünfundzwanzig Hieben davonkommen lassen«, erklärte die Lehrerin, »doch du, Therese, bekommst nun dreißig, und wenn du es noch einmal wagst, mit mir zu diskutieren oder mir zu widersprechen, sind es bereits fünfund-dreißig!«

Mit schamroten Gesichtern gehorchten die Mädchen, nachdem sie ihre Kehrseiten entblößt hatten, legten sie sich brav dicht nebeneinander über die Bank. Hätten sie gewusst, dass sie dabei von Johannes, dem Reitknecht, beobachtet wurden, wäre es für sie sicher noch viel schlimmer gewesen. Der Bursche hatte geahnt, dass es über kurz oder lang zu einer solchen Aktion kommen würde, und das wollte er sich nicht entgehen lassen. Er hatte deshalb, wie schon an den Tagen zuvor, seinen Spähposten vor dem Fenster des Schulzimmers bezogen.

»Bitte schlagen Sie nicht zu fest«, bat nun Adelheid, »wir sind doch so etwas nicht gewohnt!«

»So, nun bekommst du auch dreißig Schläge«, versetzte Fräulein Mahnleitner, »ich nehme an, das hast du so gewollt!«

Mit reger Anteilnahme betrachtete Johannes von draußen die Szene. Das Bild der beiden übergelegten nackten Mädchenhintern faszinierte ihn über alle Maßen. Besonders der von Adelheid war hübsch rund und üppig, der Spanner erregte sich bei dem Anblick immer mehr und konnte sich nicht davon losreißen.

Fräulein Mahnleitner bog den Stock einige Male prüfend hin und her und erklärte: »Das war einmal ein guter Schulrohrstock, doch er ist völlig vertrocknet und zieht nicht mehr richtig, zum Glück für euch! Morgen wird ein neuer Stock angeschafft, ich werde ihn selber aussuchen und auch regelmäßig einölen, damit er geschmeidig bleibt.«

Die Erzieherin legte zunächst den Stock aufs Katheder und fuhr mit ihren verknöcherten Fingern über die blanken Popos, sie streichelte, kitzelte, kniff und tätschelte sie, offenbar wollte sie so sich selbst und ihre Schülerinnen auf die bevorstehende Strafaktion einstimmen und die Vorfreude darauf richtig auskosten.

Endlich ging es dann los, sie ergriff den Rohrstock und ließ ihn abwechselnd auf die beiden Hinterteile pfeifen, dabei entlockte sie den Mädchenkehlen ein markantes Duett von »Auuhs« und »Ooohs«. Ab und zu ließ sie den Stock in voller Länge auf alle vier Hinterbacken gleichzeitig niedersausen, so dass die Schülerinnen in verschiedenen Tonlagen im Chor aufjaulten. Doch ihre Schreie waren mehr Protest als Schmerzenslaute. Der trockene und federleichte Stock hatte eine sehr geringe Durchzugskraft, deshalb waren die Schläge gut auszuhalten. Und mit Erstaunen stellte Adelheid fest, dass das gewisse Kribbeln ihren Unterleib durchfuhr, ein Gefühl, das wohl jeder Flagellant kennt, ganz gleich, ob er aktiv oder passiv ausgerichtet ist. Eine entsprechende Neigung musste also in ihr – womöglich schon seit Jahren – geschlummert haben. Hinzu kam, dass Fräulein Mahnleitner mit einer raffinierten und geradezu lasziven Methode vorging, die darauf abzielte, dass die Mädchen zunehmend Gefallen an dieser Art von Erziehung finden sollten.

Schließlich war die Züchtigung vollzogen und die Sünderinnen durften von der Bank herunter. Hastig zogen sie ihre Höschen hoch und die Röcke herunter, beschämt und schluchzend standen sie dann da und rieben ihre Hinterbacken, hierbei zeigte sich, dass beide ein ausgeprägtes schauspielerisches Talent besaßen.

Fräulein Mahnleitner bog den spröden Stock hin und her und erklärte: »Ich erwarte von meinen Schülern uneingeschränkten Respekt und unbedingten Gehorsam! Dabei bin ich keineswegs so streng und prüde, wie man es Lehrerinnen oft nachsagt. Ich bin auch nicht versessen aufs Prügeln, am liebsten würde ich ganz ohne Strafen auskommen! Die ideale Erziehung wäre die, bei der es nichts zu reglementieren und zu restringieren gibt – aber das ist graue Theorie! Die Praxis sieht anders aus, und zu einer wirksamen Erziehung gehört nun einmal der Rohrstock.«

Verlogene, falsche Schlange! Hätte Adelheid am liebsten laut ausgerufen. Natürlich glaubten die Schülerinnen ihrer Lehrerin kein Wort, es war viel zu deutlich erkennbar gewesen, welch großen Spaß ihr die Züchtigung bereitet hatte.

Am folgenden Morgen erschien Therese alleine im Schulzimmer.

»Wo ist Adelheid?«, fragte Fräulein Mahnleitner sofort.

»Ach, die ist wieder auf ihr Zimmer gegangen und hat sich hingelegt, sie fühlt sich nicht gut.«

»Du holst sie sofort her, davon möchte ich mich selbst überzeugen!«, ordnete die Lehrerin an.

»Wie Sie befehlen«, gab Therese zurück.

Sie verließ den Raum, kam aber nach wenigen Minuten alleine zurück. »Sie ist nicht in ihrem Zimmer«, sagte sie, »ich weiß nicht, wo sie ist.«

»Wo könnte sie sein?«

»Ich weiß es wirklich nicht, vielleicht im Pferdestall bei Chiquillo.«

»Wer ist das?«

»So heißt ihr Hengst. Als wir gestern zusammen ausritten, hat sie ihn wie eine Wahnsinnige mit der Gerte geschlagen, das macht sie immer wieder, oft zehn- oder fünfzehnmal hintereinander. Am nächsten Tag tut ihr das leid, sie geht dann in den Stall zu ihm, um ihn zu streicheln und besonders liebevoll zu pflegen. Sie redet dabei mit ihm und verspricht, ihn nicht noch einmal so unbeherrscht mit der Reitpeitsche zu traktieren. Aber das Versprechen hält sie nicht, sie bestraft Chiquillo immer wieder, für nichts und wieder nichts, denn er ist folgsam und gut lenkbar.«

Wie eine aufgeregte Henne, die ihr verlorenes Küken sucht, jagte Fräulein Mahnleitner hierauf in den Stall. »Oh Gott, welche Verderbnis!«, stieß sie entsetzt hervor, als sie sah, was sich dort abspielte. Adelheid vollführte einen Ritt der besonderen Art, auf einem Strohballen lag rücklings der splitternackte Stallbursche Johannes, und auf ihm hockte breitbeinig das ebenfalls ganz nackte Mädchen. Sie trieben emsig und feurig das, was für die menschliche Arterhaltung unumgänglich ist.

»Auseinander!«, keifte die Erzieherin.

Beide gehorchten und zogen sich hastig an.

»Dass du dich nicht schämst, Adelheid! Ein Mädchen aus gutem Hause, gerade mal achtzehn Jahre alt, eine junge Baronesse! Und du führst dich am helllichten Tag in einer Weise auf, dass man es gar nicht aussprechen mag!«

»Ach Fräulein Mahnleitner«, versuchte Adelheid die Lehrerin zu beschwichtigen, »Sie waren doch auch mal jung und hatten Spaß mit feschen Burschen, oder etwa nicht?«

»Wie kannst du dich unterstehen, in einem solchen Ton mit mir zu reden! Du darfst dich auf eine gewaltige Abreibung gefasst machen! Denn nur mit Zucht und Strenge kann ein so wildes Geschöpf wie du erzogen werden! Und du, Johannes, wirst ebenfalls Dresche beziehen, außerdem werde ich dafür sorgen, dass der Herr Baron dich entlassen wird!«

»Bitte nicht, Fräulein Mahnleitner, bitte tun Sie das nicht!«, flehte Adelheid, »Sie können uns durchprügeln, aber Sie dürfen meinem Vater nichts sagen! Ich werde auch ganz bestimmt nie wieder ...«

»Wirst du wohl deinen Mund halten! Heute Abend um sieben erscheint ihr hier an der Stätte eurer Schande! Der Strafbock wird dann schon auf euch warten!«

Als Fräulein Mahnleitner den Stall verlassen hatte, sagte Adelheid zu Johannes: »Verflixt und zugenäht! Wie konnten wir auch so unvorsichtig sein! Die Furie ärgert sich jetzt schwarz, sie hat ihre Aufsichtspflicht verletzt, sie hat meinem Vater versprochen, dass sie mich ständig überwachen will, damit ich nicht die Regeln des Anstandes verletze. Das kann sie ihre Stellung kosten! Sie kocht vor Wut! Sie wird uns so verhauen, dass uns die Schwarte qualmt!«

»Ach, davor habe ich keine Angst«, meinte Johannes, »Schläge bin ich gewohnt.«

Johannes hatte als Jugendlicher sechs Jahre in einem Erziehungsheim verbringen müssen. Dort bekam er an jedem ersten Freitag im Monat nichts zu essen, dafür aber fünfzig Stockhiebe auf den blanken Hintern, ohne besonderen Grund, auch, wenn er sich nichts zuschulden kommen lassen hatte. So erging es auch den anderen Zöglingen, für jeweils zehn von ihnen war ein bestimmter Tag im Monat vorgesehen, sie wurden dann nacheinander abgestraft. Die zuständigen Aufseher vollzogen die Züchtigungen mit äußerster Brutalität. Doch im Laufe der Zeit wurde Johannes gegen die Schläge unempfindlicher, es trat ein Gewöhnungseffekt ein, den viele Flagellanten sicher kennen. Ich selbst wuchs ja auch unter dem Rohrstock auf und kann ein Lied davon singen.

»Komm, Adelheid«, beruhigte Johannes seine Angebetete, »die alte Krähe kann uns nicht die Laune verderben. Sie wird es schon nicht allzu scharf mit uns treiben! Lass uns jetzt zu Ende bringen, was wir vorhin begonnen haben!«

»Au ja!«, rief das lüsterne Mädchen begeistert aus.

Am Abend war es dann so weit. Adelheid und Johannes traten im Pferdestall zur Bestrafung an, die sensible Therese sollte dabei zusehen. Der Bock stand schon bereit und Fräulein Mahnleitner verkündete: »Zunächst zu dir, Johannes! Ein dreister und schamloser Lümmel wie du müsste jeden Tag Senge beziehen! Du hattest keine Skrupel, ein junges Mädchen, das du aufgrund deiner niederen Herkunft nicht einmal ansehen, geschweige denn anfassen darfst, zu verführen. Deshalb werde ich dir jetzt Manieren beibringen! Du bekommst fünfundzwanzig Hiebe mit der Reitpeitsche auf den nackten Hintern, die du laut und deutlich mitzählen wirst. Los, ausziehen und über den Bock!«

Dass der Bursche sich vor drei Frauen vollständig entkleiden musste und auch noch von einer Frau durchgepeitscht werden sollte, war natürlich besonders beschämend für ihn. Aber er wusste, dass er zu gehorchen hatte und dass Fräulein Mahnleitner berechtigt war, ihn auf diese Weise zu bestrafen. Er zog sich also aus und legte sich über das stabile Zuchtmöbel, worauf die gestrenge Frau seine Hände und Füße mit den dafür vorgesehenen Schnallen fixierte. Mit gespreizten Beinen und hoch in die Luft gerecktem Hintern befand er sich nun in der ihm nur allzu vertrauten Position. Der Anblick trieb Therese die Schamröte ins Gesicht und entlockte ihr ein betroffenes »Oooohh«, denn es war sichtbar, was der sechsjährige Arrest in der Besserungsanstalt bewirkt hatte. Die unzähligen Stockhiebe hatten dem Zögling buchstäblich das Fell gegerbt und bleibende Spuren hinterlassen. Seine derben Hinterbacken waren von Narben und Schrunden gezeichnet. Fräulein Mahnleitner betastete seinen Po prüfend, und um ihn noch mehr zu demütigen, zog sie einige Male ruppig an seinem Penis. Dann nahm sie die hirschlederne Reitpeitsche vom Hakenbrett und ließ sie einige Male schwungvoll durch die Luft pfeifen – wenn die Gesäßmuskulatur des Delinquenten sich reflexartig anspannte und dann wieder lockerte, quittierte sie das mit sarkastischem Kichern. Schließlich aber zog sie ihm die Peitsche kräftig über den Hintern.

»Eins – aaaaauuuuuuuhh!«, schrie Johannes, denn der Hieb hatte es gewaltig in sich gehabt. In gleichmäßiger Folge schlug Fräulein Mahnleitner dann mit verbissenem Gesichtsausdruck zu. Die Schläge hinterließen auf dem leidgeprüften Po des Burschen wulstige Schwielen, doch er hielt tapfer durch, er zählte präzise mit und versuchte, Schmerzenslaute möglichst zu unterdrücken. Therese seufzte nach jedem Schlag mitleidsvoll auf, es schien, als litte sie mehr unter der Prozedur als der Gestrafte selbst.

Adelheid empfand indessen ein seltsames Gefühlsgemisch. Sie ließ normalerweise keine Gelegenheit aus, den Reitknecht, dem sie Befehle erteilen konnte und der den jungen Baronessen zu gehorchen hatte, zu ärgern. Dennoch mochte sie ihn, und jetzt, als Fräulein Mahnleitner ihn gnadenlos durchprügelte, tat er ihr ehrlich leid. Und doch, das schummrige Licht, der Stallgeruch, der nackte Hintern des Burschen, die pfeifende Peitsche und das angstvolle Wiehern und Scharren der im Stall unterge-brachten Pferde – alles das wirkte mit Macht und in unmissver-ständlicher Weise stimulierend auf das Mädchen. Wieder spürte sie das verräterische Prickeln im Unterleib, ihre Wangen glühten und ihr Atem ging schwer.

Als die Strafe vollzogen war und Johannes sich wieder angezo-gen hatte, ertönte erneut die krächzende Stimme von Fräulein Mahnleitner: »So, jetzt bist du dran, Adelheid!«

Doch überraschend erwiderte Therese energisch: »Nein! Das lasse ich nicht zu! Sie werden meine Schwester nicht mit dieser Peitsche schlagen!«

»Recht so!«, pflichtete Johannes ihr bei, »stattdessen wird die Alte jetzt selber mal Senge kassieren, dann weiß sie, wie das ist.«

»Au ja!«, riefen die Mädchen wie aus einem Munde.

Im Nu wurden Fräulein Mahnleitner die Kleider vom Leibe gerissen und sie bekam das Höschen abgestreift. Ihr Hinterteil war nicht einmal von schlechten Eltern; niemand hätte vermutet, dass sich unter ihrem altmodischen Rock ein ansehnlicher, wohlgerundeter Po und ein paar stramme Schenkel verbargen – sie hätte durchaus einem Mann etwas zu bieten gehabt.

Mit vereinten Kräften zerrten der Bursche und die Mädchen die nackte Frau dann über den hölzernen Bock. Sie zeterte und fluchte, stieß wilde Drohungen aus, doch ihr Widerstand war zwecklos – im Handumdrehen war sie festgeschnallt und wehrlos.

»Los, Mädels, erteilt der Ziege jetzt eine Lektion!«, ermunterte Johannes die beiden Schwestern, »denkt daran, was sie im Schulzimmer mit euch gemacht hat!«

»Woher weißt du, was im Schulzimmer war?«, fragte Therese.

»Adelheid hat es mir erzählt«, sagte Johannes. Glücklicherweise stimmte das, sonst wäre herausgekommen, dass er die Bestrafung der Mädchen beobachtet hatte.

»Fünfzig mit der Hirschledernen«, verlangte er dann, » für jeden Schlag, den sie mir verpasst hat, bekommt sie zwei zurück! Jede von euch zieht ihr fünfundzwanzig über! Komm, Resi, fang du an, heiz dem alten Drachen tüchtig ein!«

Therese ließ sich das nicht zweimal sagen, sie ergriff die Peitsche und stellte sich seitlich hinter dem Bock in Positur. Dann schlug sie beherzt und schwungvoll, allerdings – von einer unbewussten Hemmung gebremst – nicht allzu heftig aufs Hinterteil der Lehrerin, Johannes übernahm dabei das Zählen.

Fräulein Mahnleitner zog nach jedem Hieb geräuschvoll die Luft durch die Zähne, darauf folgte ein abgrundtiefes »Aaaahhh« – es schien, als würde sie die Züchtigung genießen. Fast fordernd wölbte sie ihre Kehrseite der Peitsche entgegen. Als sie dann von Adelheid die zweite Hälfte der zudiktierten Schläge aufgezählt bekam, gab sie ein immer lauter werdendes Stöhnen von sich.

»Seht doch, eurer strengen Lehrerin kommt es!«, rief Johannes plötzlich aus. Adelheid ließ die Peitsche sinken und schob ihren Finger durch Fräulein Mahnleitners klebrige Schamlippen in ihre altjüngferliche Scheide, sodass sie die orgastischen Zuckungen deutlich spüren konnte.

»Soso, sieh einer an«, bemerkte sie sarkastisch, »unsere Lehrerin regt es auf, wenn sie den blanken Po versohlt bekommt! Was wird denn dazu wohl der Herr Baron sagen?«

Fräulein Mahnleitners Antwort bestand in heftigem Keuchen.

Adelheid stellte sich wieder in Positur, zog die Peitsche durch die Finger und erteilte dann die noch ausstehenden Hiebe. Hierauf befahl sie Johannes: »Du besorgst es der alten Schachtel jetzt! Die verklemmte Schrulle hat womöglich noch nie einen Schwanz in sich gespürt – bestimmt aber seit vielen Jahren nicht mehr. Ein Wunder, dass ihre Grotte noch nicht zugewachsen ist!«

Fräulein Mahnleitner wurde losgeschnallt und vom Bock gezogen.

»Los, aufs Stroh, auf alle viere!«, kommandierte Adelheid, »wenn Sie mitspielen, geht Ihnen vielleicht ein zweites Mal einer ab. Wenn Sie sich sträuben, legen wir Sie wieder über den Bock und es gibt nochmal Dresche mit der Hirschledernen! Also, Kreuz durchdrücken und schön raus mit dem Arsch! Und die Knie auseinander! Ja, so ist's gut!«

Johannes, der sich wieder ausgezogen hatte, kniete sich hinter die Lehrerin, der Anblick ihres wohlgeformten, jetzt kreuz und quer mit Striemen überzogenen Hinterns hatte ihn bereits in Stimmung gebracht.

»Komm, nimm sie jetzt, schön geil von hinten!«, lautete Adelheids nächster Befehl.

Als der Bursche in Fräulein Mahnleitner eindrang, begann die stark erregte Frau so heftig zu zappeln und mit dem Po zu wackeln, dass sie gebändigt werden musste. Therese bog Fräulein Mahnleitner die Arme auf den Rücken und hielt sie dort fest und Adelheid drückte mit beiden Händen ihren Oberkörper nach unten, sodass ihr Gesicht und ihre nackten Brüste aufs Stroh gepresst wurden. Johannes hielt, während er keuchend den Koitus ausübte, mit beiden Händen ihren Hintern in der richtigen Position und verpasste ihr ab und zu ein paar kräftige

Klatscher mit der flachen Hand. Als er dann kam, schrie die Lehrerin in wilder Ekstase: »Allmächtiger Gott!« Kurz darauf durchfuhr ein Zittern ihren ganzen Körper – sie war tatsächlich erneut zum Höhepunkt gekommen.

Später, als sie und Johannes wieder angezogen waren und alle sich etwas beruhigt hatten, sagte sie: »Ihr glaubt doch wohl nicht, dass das keine Folgen für euch haben wird!«

»Ach, Fräulein Mahnleitner, nehmen Sie es doch ein bisschen locker!«, konterte Adelheid in dem für sie typischen Tonfall. »Ich schlage Ihnen ein Geschäft vor. Sie sagen meinem Vater nicht, dass Sie mich mit Johannes erwischt haben und wir behalten für uns, was sonst noch heute vorgefallen ist. Es hat uns doch allen Spaß gemacht, Sie sehen jetzt richtig rosig und glücklich aus – glatt zwanzig Jahre jünger!«

»Gut, einverstanden«, erwiderte Fräulein Mahnleitner, »aber ich werde euch in nächster Zeit hart an die Kandare nehmen! Ihr werdet oft den Rohrstock zu spüren bekommen!«

»Das ist schon in Ordnung«, gab Adelheid zurück, »wir sind beide verwöhnt und verzogen, mehr Strenge ist bei uns bestimmt vonnöten, besonders bei mir. Und dass Strenge in unserem Fall auch Senge heißt, ist uns klar. Wahrscheinlich ist es kein Zufall, dass beide Wörter ähnlich klingen. Als sie uns gestern im Schulzimmer verdroschen haben, war das zwar sehr beschämend, aber es hat uns auch gut getan. Wir hatten wirklich Senge verdient, wir sind viel zu frech zu Ihnen gewesen. Wenn Sie uns demnächst nicht so ganz furchtbar hart rannehmen, wird uns ab und zu eine Tracht auf den Po bestimmt nicht schaden!«

»Ganz sicher nicht«, stimmte Therese ihrer Schwester zu, »wir wissen ja, dass Sie im Grunde gar nicht so grimmig und kalt sind, wie es auf den ersten Blick scheint. Sie sind sogar einfühlsam und verständnisvoll, Sie können das nur nicht zeigen!«

Fräulein Mahnleitners verkniffener Mund entspannte sich zu einem Lächeln, und mit fast unmerklichem Kopfnicken tat sie ihre Zustimmung kund.

Was der Stallbursche und die Mädchen mit ihr angestellt hatten, könnte man als Vergewaltigung bezeichnen, doch sie hatte es zugelassen, sie hatte sich nur zum Schein und nicht ernsthaft gewehrt, mehr noch, es hatte ihr Vergnügen bereitet. So gab es nun eine Konstellation mit verschobenen Machtverhältnissen - jeder hatte jeden ein bisschen in der Hand – niemand war ganz unschuldig. Letztlich war ja nur wichtig, dass der Hausherr der Überzeugung war, seine Töchter würden straff geführt und richtig erzogen.

So ging es zu im altehrwürdigen Herrenhaus des Herrn Baron Ottmar von Reuthersloh. Doch was damals galt, gilt heute noch, deshalb möchte ich abschließend bemerken, Strenge tut oft not – und manchmal richtig gut!

Nacherziehung

An einem Samstagvormittag saßen mein Mann und ich – wie üblich – beim ausgedehnten Frühstück und er blätterte im Anzeigenteil einer Tageszeitung. Plötzlich sagte er: »Hör dir das an, Vanessa, hier steht: *Junge Frau braucht konsequente und rigorose Erziehung nach altbewährter Manier. Bitte nur seriöse Angebote.*«

»Ganz schön mutig«, antwortete ich, »so etwas liest man ja wohl gewöhnlich in Flag-Magazinen. Mit *nach altbewährter Manier* meint sie doch sicher, dass sie verdroschen werden möchte, oder?«

»Das ist anzunehmen.«

»Warum schaltet sie eine solche Anzeige in einer Tageszeitung?«

»Wahrscheinlich kennt sie sich mit diesen speziellen Magazinen und dem Internet nicht aus«, meinte mein Mann.

»Oder sie hat schlechte Erfahrungen damit gemacht«, sagte ich, »sonst würde sie nicht betonen, dass sie seriöse Angebote erwartet. Ich habe mal gelesen, dass sich auf solche Inserate nur Spinner und Psychopathen melden.«

»Das glaube ich nicht«, antwortete mir Sebastian, »es gibt bestimmt eine Menge Leute, die Flag-Rituale lieben und praktizieren und vollkommen normal sind. Du selbst bist doch das beste Beispiel dafür!«

»Aber ich habe lange Zeit geglaubt, ich sei nicht normal! Dass ich nicht mehr so denke, verdanke ich dir! Du hast mir das ausgetrieben.«

»Das habe ich gerne getan!«

»Soll ich auf die Anzeige antworten?«, fragte ich dann, »vielleicht ergibt sich ein schöner Kontakt und es wird eine spannende Angelegenheit.«

»Warum nicht?«, meinte Sebastian, »womöglich ist es ganz gut, wenn eine Frau antwortet, mit Zuschriften von Männern wird sie ja wahrscheinlich überhäuft werden. Es kann durchaus sein, dass sie zu dir, wo du ja auch noch Krankenschwester bist, eher Zutrauen fasst.«

»Also gut!«, erwiderte ich, holte meinen Briefblock nebst Füller aus der Schrankschublade und schrieb:

Sehr geehrte Inserentin,

mit Interesse las ich Ihre Anzeige. Bitte setzen Sie sich einmal telefonisch mit mir in Verbindung. Alles Weitere gerne mündlich. Absolute Diskretion ist zugesichert, ich erwarte sie auch von Ihnen!

Nur Mut und hoffentlich bis bald,

Vanessa Haßler

Noch vor unserem samstäglichen Einkaufsbummel lag der Brief im Kasten, wir rechneten damit, dass unsere Unbekannte ihn am Mittwoch der kommenden Woche erhalten würde.

Wir hatten richtig gerechnet. Am Mittwochabend läutete das Telefon, und es meldete sich eine sehr jugendliche Stimme: »Guten Abend, hier ist Kerstin Reitmeyer. Spreche ich mit Frau Haßler?«

»So ist es. Und ich weiß auch schon, wer Sie sind.«

»Ach, wirklich? Ja ... also ... ich ... wir haben heute Ihren Brief bekommen, und deshalb wollte ich ...«

»Wer ist *wir*?«

»Meine Mutter und ich.«

»Wie alt sind Sie?«

»Achtzehn. Ich werde im November neunzehn.«

»Dann darf ich *du* sagen?«

»Klar.«

»Also, Kerstin, dann erzähl mal!«

»Ja, also ... das mit der Anzeige war die Idee meiner Mutter. Sie weiß sich keinen Rat mehr mit mir. Und ich selber weiß auch nicht, was mit mir los ist. Ich fabriziere nur noch Mist, obwohl ich das eigentlich gar nicht will! Ich bin schon zweimal sitzen geblieben und jetzt kurz davor, vom Gymnasium zu fliegen. Ich lüge und stehle, ich war schon ein paar Mal bei der Polizei wegen Ladendiebstahls. Als ich vorige Woche wieder deswegen auf der Wache war, sagte einer der Polizisten zu mir ich brauche eine psychologische Betreuung, eine geeignete Therapie. Aber dann hat ein anderer laut gesagt das sei Quatsch! Ich brauche eine ordentliche Abreibung, dann vergehe mir Lust am Klauen. Konsequenz und Härte, das sei die geeignete Therapie. Eine Tracht mit dem Rohrstock, und zwar auf den nackten Arsch, so erziehe man Gören wie mich. Er fände es schade, dass das nicht mehr erlaubt sei. Es wäre ihm ein Vergnügen, das eigenhändig zu vollziehen! Zu Kaisers Zeiten sei das noch anders gewesen. Als ich das meiner Mutter erzählte, hat sie gesagt, dass der Mann vollkommen recht habe. Ich musste dann immer wieder an die Worte des Polizisten denken. Vielleicht hat er ja wirklich recht, wenn er meint, ich bräuchte eine *ordentliche Abreibung* – vielleicht ginge es mir dann besser! Ich wollte auch wissen, was es mit *Kaisers Zeiten* auf sich hat. Ich fand dann in einer antiquarischen Buchhandlung einen alten Schinken, in dem eine Frau ihre Kindheit und Jugend im ausgehenden neunzehnten Jahrhundert beschreibt. An einer Stelle schreibt sie: In der Schule hatte ich gewaltigen Respekt vor der *Birkenen Liese* und vor dem *Mädchentröster*. Ich weiß bis jetzt nicht, wen sie damit gemeint hat, wahrscheinlich besonders strenge Lehrer.«

Ich musste herzlich lachen und sagte: »Wenn du damals gelebt hättest, wüsstest du, was damit gemeint ist.«

»Lachen Sie mich bitte nicht aus! Und wenn Sie so schlau sind, dann klären Sie mich doch auf!«

»Ich lache dich nicht aus! Und du bist ganz schön frech!«

»Entschuldigung!«

»Bitte. Die *Birkene Liese* ist eine Rute aus Birkenzweigen, jahrhundertelang ein unersetzliches Instrument für Lehrer und Gouvernanten, in erster Linie bei der Mädchenerziehung. Um Übermut und Aufsässigkeit der jungen Dinger im Zaum zu halten, gab es als typische Zuchtmaßnahme eine Tracht mit der Rute aufs blanke Hinterteil. Und der Mädchentröster oder Gelbe Onkel, wie er auch genannt wird, ist nichts anderes als der gute alte Rohrstock. Den gab's zu spüren, wenn eine besonders strenge Strafe verhängt worden war. Und im siebzehnten und auch noch achtzehnten Jahrhundert wärst du als notorische Lügnerin und Diebin zu mindestens sechs Monaten

Arbeitshaus verurteilt worden. Vor Haftantritt hättest du dich, noch im Gerichtssaal, nackt ausziehen müssen und wärst durchgepeitscht worden – im Beisein von Zuschauern – vor den Augen schadenfroher alter Weiber und notgeiler Lustgreise!«

»Das wäre wahrscheinlich auch die richtige Strafe für mich!«

»Rede keinen Unsinn, Kerstin! Dir ist anscheinend nicht klar, was du sagst! Sei froh, dass du jetzt lebst, in einem Rechtsstaat, wo die Menschenwürde geachtet wird. Ich habe den Eindruck, dass du sehr unerfahren und naiv bist!«

»Na wenn schon, das interessiert doch niemanden. Und wenn ich von der Schule fliege, gehe ich auf den Strich. Ich habe mich schon in einem Club vorgestellt, die würden mich nehmen, dort sind naive Mädchen wie ich gerade richtig!«

»Mein Gott, das ist ja nicht zum Aushalten, was du zusammenschnatterst! Schluss jetzt damit! Sag mir nur noch, wie war eigentlich die Reaktion auf die Annonce?«

»Ziemlich enttäuschend! Fast nur Briefe ohne Absender und mit Handy-Nummer. Von Herren, die mich zur Sexsklavin oder Lustzofe abrichten wollen. Die haben die Anzeige überhaupt nicht verstanden! Die einzige brauchbare Zuschrift war die von Ihnen!«

»Und was erwartest du von mir?«

»Dass Sie mich bestrafen! So, wie es vor hundert Jahren üblich war.«

»So weit sind wir noch nicht. Ich muss noch viel mehr von dir wissen! Warum bittest du nicht deine Mutter oder deinen Freund, dich zu züchtigen?«

»Ich habe keinen Freund. Mit mir hält es keiner aus!«

»Dann musst du dich ändern!«

»Das will ich ja! Aber ich schaffe es nicht alleine! Ich brauche Hilfe!«

»Und was ist mit deiner Mutter? Oder deinem Vater?«

»Der ist leider schon gestorben. Und meine Mutter ist viel zu weich und gutgläubig. Ich kann ihr das Blaue vom Himmel erzählen – sie schluckt es. Der Freund, den sie jetzt hat, ist ein furchtbarer Schluffi und Schleimer. Wenn ich den sehe, könnte ich kotzen!«

Ich vernahm eine erregte Frauenstimme im Hintergrund und fragte: »Ist das deine Mutter, die ich da höre?«

»Ja.«

»Lass mich bitte mit ihr sprechen!«

Nach kurzer Pause meldete sich eine Frauenstimme: »Hallo? Guten Abend! Hier spricht Helga Reitmeyer. Ich bin Kerstins Mutter.«

»Vanessa Haßler, guten Abend, Frau Reitmeyer!«

»Wissen Sie, es ist wahr, das mit der Anzeige war meine Idee, aber Kerstin war damit einverstanden. Wir kommen aus Thüringen, wir sind seit einundzwanzig Jahren hier in Hamburg. Kerstin ist hier geboren. Vor sechs Jahren ist mein Mann gestorben, und seitdem ist es mit Kerstin immer schlimmer geworden. Ich werde mit ihr nicht fertig – sie tanzt mir auf dem Kopf herum! Sie lügt und stiehlt, sie schlägt und erpresst andere Schülerinnen und macht Sachen kaputt. Sie haben ja gehört, wie unverschämt sie ist. Zu Ihnen ist sie ja auch schon frech geworden.«

Sebastian saß während des Gespräches auf dem Sofa und feilte an den Formulierungen für eine musikgeschichtliche Abhandlung herum. Wir sahen uns immer wieder an, und je nachdem, was ich am Telefon sagte, war sein Gesichtsausdruck belustigt – oder aber sehr ernst.

Frau Reitmeyer fuhr fort: »Kerstin braucht jemand, der stärker ist als ich, sie braucht Schläge!«

»Hat sie schon mal welche bekommen?«

»Ja, von meinem Mann, er hat sie etliche Male mit dem Riemen verdroschen. Er konnte sehr brutal sein, aber heute vermisst Kerstin ihn und seine strenge Hand.«

»Und was erwarten sie jetzt von mir?«

»Dass Sie Kerstin tüchtig durchprügeln, wie es der Polizist gesagt hat, so dass sie es ihr Leben lang nicht mehr vergisst!«

»Aber die Prügelstrafe gibt es nicht mehr, liebe Frau Reitmeyer.«

»Das ist mir egal! Und Ihnen kann das auch egal sein! Wozu haben Sie uns sonst geschrieben?«

»Nun ja, möglicherweise gehört Ihre Tochter zu den Menschen, die auf Körperstrafen positiv ansprechen. Sollte es dazu kommen, würde allerdings mein Mann eine solche Aktion durchführen.«

»Ist er Polizist?«

»Nein, Musiker.«

»Ach ja? Welches Instrument spielt er denn?«

»Klassische Gitarre.«

»Gibt er Stunden?«

»Auch das.«

»Was für ein Zufall! Kerstin sucht nämlich einen neuen Gitarrenlehrer.«

»Das können wir ja noch besprechen. Erst möchte ich Sie beide persönlich kennenlernen. Ich lade Sie für Samstagnachmittag um drei in unsere Wohnung ein.« Ich warf meinem Mann einen fragenden Blick zu, er nickte zustimmend, und ich fragte Frau Reitmeyer: »Wo wohnen Sie denn?«

»Auf dem Billwerder Billdeich.«

»Das ist ja hier ganz in der Nähe! Also – passt Ihnen der Termin?«

»Ja, sehr gut!«

»Also dann bis Samstag. Lassen Sie mich jetzt noch einmal mit Kerstin sprechen. Auf Wiedersehen, Frau Reitmeyer.«

»Auf Wiedersehen – und vielen Dank!«

Es erklang wieder Kerstins helle Stimme: »Ja?«

»Pass auf, Kerstin, wir sehen uns am Samstag um drei. Ich möchte, dass du bis dahin einen handschriftlichen Bericht über alle deine Verfehlungen der letzten zwei Jahre anfertigst – ein vollständiges Sündenregister. Wenn mein Mann und ich es gelesen haben, werden wir das Strafmaß festlegen. Des Weiteren erwarte ich – ebenfalls handschriftlich – eine Einverständniserklärung von dir, dass eine körperliche Züchtigung – sollte es dazu kommen – auf deinen Wunsch hin vollzogen wird. Diese Erklärung lässt du von deiner Mutter unterschreiben. Das ist zwar nicht nötig, weil du volljährig bist, aber so haben wir noch eine Zeugin. Hast du alles verstanden?«

»Ja.«

»Also, vergiss nicht, was ich dir aufgetragen habe.«

»Tue ich nicht. Ich mache das noch heute!«

»Sehr gut! Also bis Samstag, tschüs Kerstin.«

»Tschüs, Frau Haßler.«

Nachdem ich neben meinem Mann Platz genommen hatte, erklärte ich: »Eine achtzehnjährige Schülerin. Sie spielt Gitarre. Die Idee mit der Anzeige hatte ihre Mutter.«

Sebastian fragte: »Warum musstest du wegen der birkenen Liese und dem Mädchentröster so lachen?«

»Sie hat ein Buch gelesen, worin diese Begriffe auftauchen. Sie dachte, es seien die Spitznamen von Lehrkräften.«

Wir schwiegen eine Weile, dann sagte ich: »Ich weiß nicht, die Sache gefällt mir nicht. Was Kerstin erzählt hat, überzeugt mich keineswegs. Ich glaube nicht, dass es ihr eigener Wunsch ist, gezüchtigt zu werden. Es scheint mir wesentlich wahrscheinlicher, dass nur die Mutter daran interessiert ist.«

»Aber du hast doch eine schriftliche Einverständniserklärung von Kerstin verlangt.«

»Trotzdem, das Ganze ist mir zu heikel! Ich weiß nicht, welche Aussagekraft so eine Erklärung hat, vor allem in rechtlicher Hinsicht. Was ist, wenn sie nachher auf die Idee kommt, uns anzuzeigen? Nein, wir lassen lieber die Finger davon! Ich werde Kerstin noch einmal schreiben und die Sache abblasen.«

»Nein, das tust du nicht! Ich will Kerstin kennenlernen!«

»Natürlich, damit du sie verdreschen und dich daran aufgeilen kannst!«

»Jetzt bist du aber nicht mehr sachlich, Vanessa! Wer war es denn, der unbedingt auf die Anzeige antworten wollte?«

»Ja, du hast recht. Entschuldige bitte! Es ist mal wieder meine Eifersucht.«

»Jedenfalls kannst du deine Bedenken getrost fallen lassen«, beruhigte mich mein Mann, »kein Gesetz verbietet es erwachsenen Menschen, solche Abmachungen zu treffen. Und angezeigt werden kannst du nur, wenn du jemandem gegen seinen Willen etwas zufügst. Sonst könnte dich ja auch ein Patient verklagen, dem du eine Spritze gegeben hast. Es gibt ja sogar die Tötung auf Verlangen.«

»Die ist aber sehr umstritten.«

»Ich weiß. Aber dieses Problem stellt sich uns ja wohl nicht.«

»Nein.«

»Also! Dann steh zu deinem Wort und lass uns die Verabredung einhalten!«

»Ist gut.«

Meine Vorbehalte zerplatzten wie Seifenblasen. Ich war auch viel zu neugierig, wie der Samstagnachmittag sich gestalten würde, und hätte mich schwarz geärgert, wenn das Treffen mit Kerstin und ihrer Mutter nicht zustande gekommen wäre.

Es war nun einige Male vor der *Birkenen Liese* die Rede, deshalb möchte ich in diesem Zusammenhang die *Slawische Massage* nicht unerwähnt lassen. Das ist etwas so Herrliches – insbesondere für Flagellanten – dass mir sicher verziehen wird, wenn ich kurz abschweife und darüber schreibe.

Es handelt sich dabei um einen Ritus, der in einigen östlichen Regionen eine lange Tradition hat, aber auch in Skandinavien verbreitet ist. Nach einem heißen Bad oder Saunabesuch wird mit gebündelten Birkenzweigen auf den nackten, zuvor mit kaltem Wasser abgekühlten Körper, insbesondere auf den Rücken, die Schenkel und den Po geschlagen. Ich lernte diese Prozedur bereits im Mädcheninternat kennen, wo sie fälschlicherweise den *Kneipp'schen Anwendungen* zugerechnet wurde. Ich erinnere mich noch gut, dass unsere Sportlehrerin ganz wild darauf war, ihre Lieblingsschülerinnen – zu denen ich nicht gehörte – mit dieser Methode zu traktieren, oft eine ganze Stunde lang. Auch einige der Erzieherinnen unterzogen sich regelmäßig dieser Behandlung.

Bei traditioneller Ausführung wird der ganze Körper nach vorheriger Erhitzung abgekühlt und dann mit Rutenhieben überzogen, doch das ist nur für robuste, abgehärtete und kreislaufstabile Naturen geeignet. Ich habe einmal in einem russischen Film gesehen, wie ein Mann nach dem Saunagang bei sibirischer Kälte nackt ins Freie ging, ein Loch in die Eisdecke eines Sees hackte und dann vollständig ins Wasser eintauchte. Im Anschluss daran ließ er sich von Kopf bis Fuß mit einer Rute durchpeitschen.

Ich empfehle die von mir bevorzugte Variante, die sich auf den Hintern, allenfalls noch auf die Oberschenkelrückseiten beschränkt. Man benötigt dafür zehn bis fünfzehn armlange, dünne und möglichst gerade Zweige, die man zu einer Rute zusammenbindet. Hierfür eignet sich Gummiband oder auch Paketschnur. Man muss nicht unbedingt Birkenreiser nehmen, die Zweige sollen nur frisch, elastisch und saftig sein. Das vordere Drittel der Rute taucht man dann in einen Eimer mit Wasser, dem eine oder zwei Flaschen Essig beigegeben wurden. Wenn die Zweige sich satt getrunken haben, lässt man die Rute gut abtropfen – und schon ist sie einsatzbereit. Vor der Massage wird das Hinterteil mit Wechselduschen behandelt, fünfmal heiß und fünfmal kalt, jeweils eine Minute lang, man muss auf jeden Fall mit kalt aufhören. Nun braucht es einen Ehemann, Freund, eine Freundin oder Nachbarin, damit die Behandlung durchgeführt werden kann. Bei mir macht es natürlich mein Mann, niemand außer ihm bekommt mich nackt zu sehen – höchstens mein Arzt. Man kniet nieder, stützt sich mit den Händen am Boden ab, macht ein Hohlkreuz und reckt den Hintern tüchtig heraus. Ich setze mich auch gerne rittlings auf einen Stuhl, mit dem Gesicht zur Lehne, halte mich daran fest und neige mich nach vorne, so wird meine Kehrseite schön herausgearbeitet. Die Rutenhiebe werden zuerst behutsam und dann zunehmend kräftig auf den noch nassen Po erteilt, man darf sich vorher nicht abtrocknen. Die Dauer und Intensität richtet sich nach der individuellen Belastbarkeit, doch nach der Prozedur sollte das Hinterteil gleichmäßig tiefrot und glutheiß sein. Die Rötung klingt später wieder ab und es bleiben keine Spuren zurück.

Die *Slawische Massage*, regelmäßig durchgeführt, wirkt wahre Wunder. Sie macht einen festen und strammen Po, sie glättet und strafft die Haut, und Rutenhiebe auf den Po sind – wie ich ja schon erwähnte – ein besonders wirksames Mittel gegen Cellulite. Meinem Mann und mir macht dieses Ritual jedes Mal großen Spaß, ich fühle mich danach immer frisch und beschwingt und meine Stimmung ist deutlich besser. Auch wissen wir, dass es beim anschließenden Liebesakt besonders feurig zugeht – die *Slawische Massage* ist nämlich ein Aphrodisiakum erster Ordnung, deshalb bin ich so begeistert davon und kann sie nur wärmstens empfehlen.

Pünktlich um drei am Samstagnachmittag klingelte es, und Kerstin stand mit ihrer Mutter vor unserer Tür. Nachdem wir uns begrüßt hatten, bat ich beide ins Wohnzimmer, wo mein Mann sie willkommen hieß.

Kerstin ist ein attraktives, gut gebautes Mädchen mit blonder Wuschelmähne und ausdrucksvollen, braunen Augen. »Rauschgoldengel« nennen wir sie, wenn wir heute von ihr sprechen. Frau Reitmeyer ist Anfang vierzig – also meine Altersklasse – und gehört dem slawischen Typ an. Ausgeprägte Wangenknochen, *volksliedhaft blaue Augen* (diese Wortschöpfung stammt von einem Dichter) und ein markantes Kinn, wie man es oft bei Russinnen oder Polinnen findet – eine ausgesprochen attraktive Frau, wie ich fand und immer noch finde.

»Hier ist, was Sie verlangt haben«, sagte sie und gab mir einen Umschlag.

»Danke.« Zu Kerstin gewandt sagte ich: »Setz dich! Und Sie bitte auch, Frau Reitmeyer.«

Kerstin setzte sich aufs Zweier-Sofa, doch als ihre Mutter neben ihr Platz nehmen wollte, stand sie wieder auf und setzte sich in den Sessel. Frau Reitmeyer hatte rote und verweinte Augen, offenbar war es zwischen ihr und Kerstin an diesem Tag bereits zu einem Streit gekommen. Sie blickte sorgenvoll mal zu mir und mal zu meinem Mann. Kerstin und er lächelten sich mit spontaner Herzlichkeit an, die beiden schienen sich auf Anhieb sympathisch zu sein. Mir warf sie jedoch kampflustig funkelnde Blicke zu. Und programmgemäß war auch schon wieder meine Eifersucht da – doch ich versuchte krampfhaft, mir nichts anmerken zu lassen. »Möchtet ihr etwas trinken?«, fragte ich unsere Gäste.

»Haben Sie eine heiße Schokolade?«, erwiderte Kerstin.

»Die mache ich dir. Mit Sahne?«

»Oh ja, super!«

»Für Sie auch, Frau Reitmeyer?«

»Gerne.«

Mein Mann genehmigte sich einen doppelten Brandy – da er an dem Tag nicht mehr Auto fahren musste, durfte er das.

Nachdem ich Geschirr, die Kanne mit heißer Schokolade, Sahne und etwas Gebäck serviert hatte, nahm ich neben meinem Mann Platz. Er hatte in der Zwischenzeit Kerstins schriftliche Beichte gelesen, und seinem Blick entnahm ich, dass es Anlass zur Sorge gab. Er reichte mir das Blatt und ich las:

Sündenregister der letzten zwei Jahre von Kerstin Reitmeyer:

1. Mindestens 50 Ladendiebstähle in Supermärkten und Drogerien – Süßigkeiten und Kosmetika. Achtmal bin ich erwischt worden und habe jetzt in den Läden Hausverbot. Was ich stehle, brauche ich gar nicht – ich verkaufe es an Schülerinnen. Aber ich brauche die Befriedigung, nicht erwischt zu werden.

2. Ich war in einem Gitarrenkurs, da bin ich schon rausgeflogen, weil ich die Gitarre von einem Mädchen kaputtgemacht habe. Die spielt besser als ich, obwohl sie weniger übt, sowas kann ich nicht vertragen. Sie wird auch immer von der Lehrerin gelobt, und mich beachtet die gar nicht, obwohl ich viel besser aussehe.

3. Ich bestehle meine Mutter. Wenn sie merkt, dass Geld fehlt, sage ich, dass es ihr Freund gewesen ist, ich hätte ihn schon einmal dabei beobachtet. Meine Mutter traut sich aber nicht, ihn darauf anzusprechen, deshalb bestehle ich sie immer wieder.

4. Ich habe eine Schülerin erpresst. Ich habe sie geschlagen und ihr angedroht, wenn sie mir kein Geld gibt, wird sie von Mädchenhändlern entführt und ins Bordell gesteckt.

5. Ich schwänze die Schule und bin stinkfaul. Ich fälsche Entschuldigungen und Unterschriften. Ich belüge und beschimpfe meine Lehrer. Ich werde bald von der Schule fliegen. Dann bleibt mir nur noch die Prostitution.

»Mein Gott, Kerstin!«, stieß ich hervor, als ich es gelesen hatte, »wenn ich so etwas früher gemacht hätte ... du kannst froh sein, dass du nicht unsere Tochter bist!«

»Das ist es ja, was ich meine«, klagte Kerstins Mutter, »was ihr fehlt, ist konsequente Erziehung zur Disziplin! Aber ich werde mit der Göre einfach nicht fertig, wenn ich ihr etwas sage, dann lacht sie mich aus.«

»Schämst du dich wenigsten für deine Missetaten?«, wollte ich von Kerstin wissen.

Sie kippte den Rest ihrer Schokolade hinunter und stieß aus: »Ich schäme mich und ich hasse mich!«

»Scham und Reue wären ein erster Schritt zur Besserung«, sagte mein Mann, »ich hoffe, dass du es ehrlich meinst und uns hier keine Komödie vorspielst!«

»Ich meine es ehrlich!«

»Gut. Dann wirst du jetzt bestraft.«

»Werden Sie mich mit der birkenen Liese schlagen? Ihre superkluge Frau hat mir doch so schön erklärt, was das ist.«

Na warte, Fräulein, dachte ich grimmig, die superkluge Frau wird dir deine Frechheiten noch austreiben!

Als hätte sie meine Gedanken erraten, entschuldigte sich Kerstin rasch: »Es tut mir leid … mich reitet manchmal der Teufel … es tut mir leid, was ich gesagt habe!«

Ich fragte Kerstin: »Du erinnerst dich doch sicher noch an die Worte des Polizisten, als du wegen Ladendiebstahls auf der Wache warst, nicht wahr? Was sagte er doch gleich – wie erzieht man solche Gören wie dich? Was hat er gefordert?«

»Konsequenz und Härte.«

»Und weiter?«

»Senge.«

»Was noch?«

»Mit dem Rohrstock.«

»Und?«

»Auf den nackten Arsch.«

»Und wie wurde der Rohrstock in deinem schönen Buch genannt?«

»Mädchentröster.«

»Korrekt! Den wirst du jetzt spüren, zur Strafe für deine Missetaten!«

Kerstin seufzte und blickte zu Boden. Es schien, als würde ihr erst in diesem Moment klar, auf was sie sich eingelassen hatte.

»Ausziehen, ganz nackt!«, befahl ich ihr dann.

Sie sah bestürzt und hilfesuchend zu ihrer Mutter, wurde jedoch von ihr ermahnt: »Gehorche, Kerstin!«

Wie gelähmt verharrte das Mädchen einige Sekunden, dann seufzte sie wieder und erhob sich ruckartig. Sie entblößte zunächst ihren Oberkörper, indem sie Pulli und Unterhemd über den Kopf zog. Mit wippenden Brüsten und fahrigen Bewegungen versuchte sie dann, ihr Haar zu ordnen. Sie nahm wieder Platz, zog Schuhe und Söckchen aus, erhob sich dann erneut und pellte sich aus ihrer knallengen Jeans. Noch eine Pause, ein Seufzer, dann stieg sie aus dem Slip. Mit gesenktem Blick und verschränkten Händen stand sie nun splitternackt vor uns. Auf ihrem Bauch zeichnete sich der Jeansreißverschluss ab, die Hüften und der Po waren von den Abdrücken der Hosennähte und -nieten gemustert. Ich hängte Kerstins Kleider auf einen Stuhl, ihre Socken steckte ich in die Schuhe und stellte sie darunter.

»Tritt hinter den Sessel und beug dich über die Lehne!«, ordnete ich an, »auf dem Sitz stützt du dich mit den Händen ab!«

Kerstin gehorchte und nahm die Stellung ein, in der auch schon Nicole ihre Dresche kassiert hatte. Ich leistete noch ein wenig Hilfestellung, indem ich ihren Hintern in die richtige Position rückte, alsdann holte ich einen Rohrstock aus dem Schlafzimmer und reichte ihn meinem Mann, der schon bereitstand, um die Strafaktion durchzuführen.

Kerstins schöner, runder Mädchenpo mit den beiden Grübchen am oberen Ansatz, die Teenie-Muschi, die sie zwischen den strammen, züchtig geschlossenen Schenkeln zu verbergen suchte – es war ein reizvoller Anblick, der sich da meinem Mann bot. Aber mein befürchteter Eifersuchtsanfall blieb aus, vielmehr beschlich mich ein leicht mulmiges Gefühl aufgrund des Ernstes der Situation. Diesmal ging es nicht um stimmungsvolle flagellantische Spielchen, sondern wir alle spürten, dass es darauf ankam, eine unreife Kriminelle, die es über kurz oder lang wieder mit der Polizei zu tun bekäme, auf den richtigen Weg zu bringen. Dass es dabei mit einer Tracht Prügel nicht getan war, stand außer Frage. Kerstins – hoffentlich echte – Sühnebereitschaft konnte tatsächlich nur ein erster Schritt sein.

Sebastian ließ den Stock scharf durch die Luft pfeifen, Kerstins Hinterbacken verkrampften sich unwillkürlich, entspannten sich wieder bebten kurz nach.

»Pass auf, Kerstin«, erklärte er, »du kannst dich jetzt noch weigern! Du kannst dich sofort anziehen und mit deiner Mutter nach Hause gehen.«

Aber Kerstin blieb in ihrer Position, ihre einzige Antwort war ein weiterer Seufzer.

»Also gut! Ich deute dein Schweigen als Zustimmung. Du bekommst keine bestimmte Anzahl von Hieben, sondern ich werde dich so lange schlagen, wie ich es für richtig halte. Hast du mich verstanden?«

»Ja!«

Der Rohrstock sauste herunter, Kerstins Hinterbacken erzitterten, sie keilte mit dem Fuß aus und zog geräuschvoll die Luft durch die Zähne – doch sonst gab sie keinen Laut von sich.

Das ging so weiter und ich spürte, dass irgendetwas meinen Mann hinderte, die Hiebe kräftig durchzuziehen. Er konnte sich offenbar nicht richtig mit der Rolle des strengen Vaters identifizieren. Ich weiß heute, dass er Kerstin von Anfang an ins Herz geschlossen hatte. Deshalb brachte er es nicht fertig, ihr ernsthaft wehzutun.

»Komm, überlass sie mir!«, schlug ich vor.

Sebastian gab mir den Stock und nahm auf dem Sofa neben Kerstins Mutter Platz.

Ich wandte mich an Kerstin: »Hör zu, Fräulein, die reuige Sünderin, die du uns hier vorspielen willst, kaufe ich dir nicht ab! Ich glaube vielmehr, dass du wieder einmal einen Machtkampf mit deiner Mutter veranstaltest, du willst ihr demonstrieren, wie unbeeindruckt du von ihren späten Erziehungsversuchen bist. Aber bilde dir nur nicht ein, dass du meinen Mann und mich zu Handlangern deiner Spielchen machen kannst!«

Einer spontanen Idee folgend, sagte ich zu Kerstins Mutter: »Ich glaube, es ist besser, wenn Sie uns mit Ihrer Tochter allein lassen.«

»Ja, Sie haben recht! Ich gehe nach Hause. Kerstin, bis später!«

Ich brachte sie zur Tür, doch bevor sie ging, raunte sie mir zu: »Geben Sie's ihr ordentlich, Frau Haßler! Dieses verstockte Luder kann nur so erzogen werden, ich weiß das, bitte glauben Sie mir!«

Nachdem ich mich von ihr verabschiedet hatte, schloss ich die Tür hinter ihr und ging zurück ins Wohnzimmer.

»So, Fräulein«, sagte ich zu Kerstin, indem ich den Rohrstock wieder ergriff, »du wirst gleich begreifen, was es heißt, den Hintern ordentlich versohlt zu bekommen. Und du siehst ja auch ein, dass du das verdient hast, nicht wahr?«

Kerstin schwieg trotzig.

»Na gut, du widerspenstiges Biest, keine Antwort ist auch eine Antwort. Du spürst jetzt den Stock, bis du jubelst und frohlockst! Ich werde nicht aufhören, bis du um Gnade bettelst! Ich will dich schreien hören und ich will deine Tränen sehen!«

Ich stellte mich breitbeinig in Position und ließ den Rohrstock mit kräftigem Schwung auf Kerstins Hintern pfeifen. Das kurze, heftige Springen ihrer Gesäßmuskeln verriet mir die Wirkung des Hiebes, sie schrie laut auf und fuhr mit der Hand an die getroffene Stelle.

»Na endlich, Mädchen!«, dachte ich erleichtert, denn Kerstins Verstocktheit war mir bereits unheimlich geworden. Ich erteilte den nächsten Hieb, erneut entfuhr ihr ein durchdringender Schrei, und wieder griff sie an ihren Hintern.

»Ich rate dir dringend, deine Hände vorne zu lassen«, warnte ich sie, »du willst doch sicher nicht, dass der Stock deine Fingerchen trifft, nicht wahr? Wenn du noch einmal deinen Hintern anfasst, bekommst du die Hände gefesselt!«

Wie ein besoldeter Zuchtmeister früherer Zeiten verabreichte ich Kerstin dann gnadenlos Hieb auf Hieb, Strieme neben Strieme zeichnend. Ich bemerkte mit Genugtuung, dass ihr Po schon in reichlichem Maße die charakteristischen Schwellungen zeigte, an denen sie eine ganze Weile Freude haben würde.

Immer noch versuchte Kerstin, die Unbeeindruckte zu spielen und ihre Schreie zu unterdrücken, doch nach etwa dreißig Schlägen war es vorbei mit ihrer Widerstandskraft, sie quittierte nun jeden Schlag mit schrillem, unkontrolliertem Kreischen.

»Nicht mehr!«, brüllte sie verzweifelt.

Ich ließ den Stock sinken und fragte: »Hast du genug?«

Keine Antwort.

»Wie du willst, wenn du nicht reden kannst, dann redet der Rohrstock wieder.«

Ich verpasste ihr einen gemeinen Hieb auf den linken Oberschenkel.

»Jaaaa!«, schrie sie.

»Was, ja?«

»Ich habe genug!«

Ich schlug noch einmal zu und fragte: »Was meinst du?«

»Bitte nicht mehr!«

Wieder ein Hieb. »Ich verstehe dich nicht!«

»Bitte nicht weiter! Ich kann nichts mehr aushalten!«

Aufs Neue ließ ich den Rohrstock kräftig niederpfeifen. Der Schrei, den Kerstin ausstieß, ließ mich erkennen, dass ich Schluss machen musste. Auch hatte ich bereits einen entsprechenden Blick von Sebastian aufgefangen.

»Was möchtest du mir sagen, Kerstin?«, fragte ich.

»Bitte, bitte nicht mehr schlagen!«, jaulte sie mit überschnappender Stimme.

Schon holte ich wieder aus, doch sie rief schnell: »Ich entschuldige mich für alles, was ich gemacht habe! Ich werde mich bessern, ganz bestimmt!«

»Das wollte ich hören!«

Ich schlug noch einmal in die Luft – Kerstins Pobacken verspannten sich erneut angstvoll, lockerten sich wieder und wippten ein paarmal nach.

»Komm hoch!«, befahl ich, »es ist vorbei!«

Sie raffte sich auf, ich half ihr, indem ich sie an den Schultern hochzog.

Nun stand sie auf wackligen Beinen, mit den Händen auf ihrem Po, vor mir.

»Na, Fräulein, das war nicht so furchtbar angenehm, das hast du richtig schön gespürt, nicht wahr?«, sagte ich befriedigt, indem ich den Stock hin und her bog.

Sie starrte mich nur an, ihr Blick war feindselig – fast hasserfüllt.

»Willst du mir nichts sagen?«, fragte ich in eindringlichem Tonfall.

Sie schwieg und senkte den Kopf. Ich wollte ihren Kopf heben, damit sie mich wieder ansah, doch sie wich meiner Hand aus. Sie wirkte keineswegs geläutert und hatte auch keine Träne geweint. Sie hatte sich zwar entschuldigt und versprochen, sich zu bessern, doch damit wollte sie lediglich weiteren Hieben entgehen. Und sie verweigerte die Versöhnung mit mir. Ich weiß aus eigener Erfahrung, dass die Versöhnung nach einer Züchtigung ungemein wichtig ist. Der Rohrstock hatte Kerstins Trotz brechen können, doch es war mir nicht gelungen, das Mädchen seelisch aufzuschließen.

Plötzlich rannte sie zu meinem Mann, setzte sich mit ihrem nackten, striemenverquollenen Hintern auf seinen Schoß, presste ihr Gesicht an seine Brust und begann hemmungslos zu heulen. Sebastian sprach tröstende Worte zu ihr und streichelte und tätschelte beruhigend ihren Rücken.

Nachdem ich mir das eine Weile angesehen hatte, legte ich den Rohrstock weg und ging ins Schlafzimmer. Ich warf mich aufs Bett und versuchte, Abstand zu dem Vorgefallenen zu gewinnen. Ich hatte begriffen, dass Kerstin mit jedweder Art von weiblicher Autorität Probleme hatte und ich musste befürchten, dass die Tracht, die sie von mir bezogen hatte, überhaupt nichts bewirken würde. Eine Weile döste ich noch vor mich hin und malte mir aus, wie es wäre, wenn ich selber eine Tochter hätte. Schließlich tat ich einen tiefen Seufzer, stand auf und ging zurück ins Wohnzimmer.

Kerstin hatte sich inzwischen angezogen und wieder im Sessel Platz genommen, sie schluchzte immer noch heftig. Sebastians Hemd hatte sie mit ihrer Wimperntusche total versaut.

Sie schaute mich mit ihren verheulten und verschmierten Augen an und sagte: »Entschuldigen Sie bitte, ich ...«

»Ja, ja, schon gut«, unterbrach ich sie, »geh ins Badezimmer und wasch dir das Gesicht – in der Diele die zweite Tür rechts!«

Sie gehorchte, und ich setzte mich aufs Sofa.

Als Kerstin zurückkam, fragte sie meinen Mann: »Sie sind doch Gitarrenlehrer, kann ich nicht bei Ihnen Unterricht nehmen? Es tut mir so leid, was ich gemacht habe und dass ich aus dem Kursus geflogen bin – ich hasse mich dafür!«

»Na, endlich tut dir mal was leid!«, dachte ich, denn diesmal glaubte ich es ihr. Sie mochte meinen Mann offenbar sehr und ich konnte mir gut vorstellen, dass er über die Musik noch besseren emotionalen Zugang zu ihr bekommen würde, deshalb nickte ich ihm bestätigend zu.

»Gut, Kerstin, wenn du versprichst, fleißig zu üben, werde ich es mit dir versuchen«, erklärte er.

»Aber ich habe noch eine Bitte an Sie.«

»Und das wäre?«

»Wenn ich wieder Schläge bekomme – wenn es noch einmal sein muss, dann möchte ich sie bitte nur von Ihnen bekommen!«

»Wir wollen hoffen, dass es nicht noch einmal sein muss«, antwortete Sebastian, »du hast einen sehr hübschen Po, der muss nicht unbedingt mit Stockstriemen verziert werden, verstehst du mich?«

»Ja.«

»Ich erwarte von dir, dass du dich deiner Mutter gegenüber und auch in der Schule anständig benimmst und dass deine Leistungen sich verbessern!«

»Ich verspreche es!«

»Dein Allerwertester wird dich – besonders beim Sitzen in der Schule – in den nächsten Tagen an dein Versprechen erinnern!«

»Ja.«

»Aber ich verspreche dir auch etwas«, schaltete ich mich ein, »wenn du noch ein einziges Mal deine Mitschülerinnen bedrohst oder deine Mutter beschimpfst, wenn ich das noch ein einziges Mal höre, dann kriegst du wieder den nackten Arsch versohlt – von mir! Und dann lernst du den Rohrstock erst richtig kennen, dass du's nur weißt, Fräulein! Ich werde mich regelmäßig über dein Verhalten informieren!«

»Ich mache das nie wieder, Frau Haßler. Aber können Sie vielleicht bitte nicht mehr *Fräulein* zu mir sagen? Ich finde das nämlich eigentlich eine schöne Anrede und möchte nicht damit verspottet werden.«

»Ich wollte dich nicht verspotten, Kerstin!«

Ich musste ihr recht geben. Mein Vater hatte mich immer mit *Fräuleinchen* angeredet, wenn eine Züchtigung anstand. Man übernimmt Ausdrücke und Redewendungen, ohne sich dessen bewusst zu sein. Ich nahm mir vor, in Zukunft genauer auf solche Dinge zu achten.

»Darf ich annehmen, dass du aus der Lektion, die ich dir erteilt habe, etwas gelernt hast?«, wollte ich wissen.

»Ich weiß, dass ich die Strafe verdient hatte, schon lange ... obwohl ich ... ich kann es Ihnen ja sagen ... als Sie mich vorhin so fest vertrimmt haben ... da hätte ich Sie am liebsten umgebracht.«

»Nett von dir, dass du es nicht getan hast«, versetzte ich.

Sebastian ergriff wieder das Wort: »Vor allem sollst du dich nicht hassen, Kerstin, denn das kann dich in die Selbstzerstörung führen! Deine guten Seiten sind durch deine Aggressivität, deinen Trotz und deine Verstocktheit blockiert, das scheinst du heute kapiert zu haben. Ich spüre, wie viel Wertvolles in dir schlummert, du musst jetzt endlich dafür sorgen, dass es sich entfalten kann! Bisher ist in deinem Leben nichts Irreparables passiert und deine Verfehlungen kann man mit viel gutem Willen noch deiner Jugend und Unreife zuschreiben. Aber in ein paar Jahren sieht das anders aus! Wenn du auch noch ins Rotlicht- und Drogenmilieu abgleitest, hast du dir dein Leben und deine Zukunft endgültig versaut – ist dir das klar?«

»Ja.«

»Dann brauche ich dir also nicht noch weiter den Marsch zu blasen?«

»Nein.«

»Also dann Schluss für heute«, rief ich aus.

Bevor Kerstin sich verabschiedete, sagte sie zu meinem Mann: »Wenn Sie mir Ihr Hemd mitgeben, bekommen Sie es sauber und gebügelt zurück.«

»Nett von dir, aber nicht nötig«, antwortete er lachend.

Spontan fiel Kerstin ihm um den Hals und rief aus: »Auf Wiedersehen – ich freue mich so auf den Gitarrenunterricht!«

»Na, das scheint ja eine ganz große Liebe zwischen euch zu werden«, scherzte ich und versuchte so, meiner schon wieder aufkeimenden Eifersucht mit Humor beizukommen.

Mein Mann gab Kerstin noch einen Klaps auf den Po und sagte: »Jetzt mach, dass du nach Hause kommst! Wegen des Unterrichtstermins rufe ich dich an!«

Mit heißem Hintern, aber glücklich, hüpfte Kerstin die Treppe hinunter. Es kam mir vor, als würde meine eigene Kehrseite heftig brennen, so deutlich erinnerte ich mich wieder an meine Mädchenzeit und die häuslichen Bestrafungen.

»Oh Gott, Vanessa!«, stieß Sebastian aus, dann sanken wir uns erleichtert in die Arme, weil es uns gelungen war, die doch recht brenzlige Situation zu einem guten Ende zu bringen.

Das alles liegt nun schon eine Weile zurück, Kerstin ist mittlerweile 21 Jahre alt, sie hat ihr Abitur geschafft und möchte Schulmusik studieren. Sie ist immer noch Gitarrenschülerin meines Mannes; er bereitet sie zurzeit auf die Hochschulaufnahmeprüfung vor. Natürlich freuen wir uns, dass wir etwas Positives zu ihrem Leben beitragen konnten. Dass die Abreibung, die ich ihr damals verpasste, nur eine symbolische Bedeutung hatte, ist mir völlig klar. Kerstins eigener Wille und auch die Gruppentherapie, die sie zwecks Verbesserung ihres Sozialverhaltens absolvierte, waren ausschlaggebend für ihre vorteilhafte Veränderung. Auch auf mich bin ich stolz, weil ich heute ohne Eifersucht zusehen kann, wie mein Mann Kerstin nach dem Unterricht zum Abschied einen Klaps auf den Hintern gibt. Das ist ein feststehender Ritus zwischen den beiden, Kerstin reckt jedes Mal erwartungsvoll den Po heraus.

Ich bin sicher, dass die Beziehung zu meinem Mann von entscheidender Bedeutung für Kerstins Entwicklung war und ist. In ihm fand sie den Ersatz und nachträglichen Ausgleich für die vaterlosen Jahre während ihrer Pubertät. Ihre Begeisterung für die Musik erwachte zu neuem Leben, auch Kerstins Mutter wurde davon angesteckt. Besonders schön ist es immer wieder, wenn Frau Reitmeyer mit ihrer Tochter zu uns zum Abendessen kommt und anschließend traditionelle thüringische Lieder singt, die mein Mann auf der Gitarre begleitet.

Wir alle wünschen uns, dass unser Kontakt weiterhin bestehen bleibt.

Über die Autorin

Vanessa Haßler entdeckte ihre Affinität zu BDSM schon als junges Mädchen, und früh begann sie auch, ihre Eindrücke und Erlebnisse aufzuschreiben. „Hiebe & Küsse" ist in erster Linie die Beichte einer devot veranlagten Frau, es werden aber auch Erfahrungen „Gleichgesinnter" berücksichtigt. Besonderen Wert legte die Autorin auf glaubhafte Darstellung der Charaktere und Geschehnisse, was geschildert wird, basiert weitgehend auf wahren Begebenheiten.